夜闌集

高晶华 著

陕西出版传媒集团
三秦出版社

图书在版编目（CIP）数据

夜阑集 / 高晶华著. —西安：三秦出版社，2014.7（2024.5重印）
ISBN 978-7-5518-0803-3

Ⅰ.①夜… Ⅱ.①高… Ⅲ.①诗词—作品集—中国—当代 Ⅳ.①I227

中国版本图书馆CIP数据核字(2014)第119858号

夜　阑　集

高晶华　著

出版发行	陕西出版传媒集团　三秦出版社 陕西新华发行集团有限责任公司
社　　址	西安市北大街147号
电　　话	（029）87205121
邮政编码	710003
印　　刷	三河市嵩川印刷有限公司
开　　本	787×1092　1/16
印　　张	15
字　　数	238千字
版　　次	2014年7月第1版 2024年5月第2次印刷
标准书号	ISBN 978-7-5518-0803-3
定　　价	56.00元
网　　址	http://www.sqcbs.cn

序 一

李 浩

论起来，晶华与我是乡党，陕北人不说乡党，而叫乡亲，古时乡、党、闾、里是近义词，但乡亲显然比乡党距离近。此地风高土厚，歌谣慷慨，米脂的婆姨绥德的汉，清涧的石板瓦窑堡的炭，还有石油、天然气、高岭土、岩盐，出产多着哩，就是经典文化比较稀罕。晶华也是我的文友，我们在大学都念中文，准确的称谓叫汉语言文学。这一专业在国内很尴尬，既没有地质、半导体、计算机一类专业精微，也没有外语、心理学、宗教学那样神秘。几乎每一个国人都说他会说汉语，会写汉文，故我们学科的普及性较好而专门性较差，无法向别人显摆更无法忽悠别人。甭管你是多大的专家，你念错一个字，写错一句话，小学生也会站起来检举你。故学中文的很多人也很乖巧，仅仅把专业当成敲门砖，毕业后有了工作，这块砖就可以扔了。在陕北群落中，醉心经典文化的并不多，在人生道路上对中文"且行且珍惜"的更少，晶华应该是这一群落中的少数派。

今年春节后，晶华说给我邮箱发了诗词稿。我原以为是几篇作品，打开附件，竟洋洋洒洒几百页，总共211首，其中词197首，诗14首，自由体9首。这样一个数字，如衡之于专职从事创作者，并不突出。陕西词坛上的月人兄，也是毕生痴情于词，且稳产高产，数量恐快接近了万首。但月人几近于专业创作，除了编刊物印报纸，似乎没有其他的兴趣，把时间和精力都奉献给了词。晶华不同，有紧张繁杂的公务，他能利用的也只有每天的八小时之外，每周的双休日。他的业余时间尽量躲避牌桌酒场，把自己关在书房，浸淫在墨香诗韵中。

笔墨文辞的兴趣其实谈不到伟大，甚至也不一定非要说高雅。但正如西哲弗朗西斯·培根所说："史鉴使人明智，诗歌使人巧慧，数学使人精细，博物使人深沉。"最后培根氏又总括一句："学问变化气质。"平时兼收并蓄、含英咀华的那些知识学问，潜移默化中是可以改变一个人的气质的。据我观察，凡有翰墨泉石癖好者，一般都张狂不起来，也轻浮不起来，而会沉潜下去。因为他头上有灿烂的星汉，他面前有巍峨的山川，他心中有悠远的传统，他怎敢以"无知"为借口放纵自己的"无畏"呢？

晶华写作的题材很广，举凡旅游观光，工作考察，故乡省亲，散步闲行，所见所感，屐痕点点，都能在他的笔端留下印迹。晶华也似有过婚后两地分居的经历，故他词中所写"心近切切，人远迢迢。舀起相思两三勺，忽有千言心头绕，掐指拭目归期早"云云，于我心亦有戚戚焉。我们这一代都抚育的是独生子女，故孩子的成长教育都看得很重，晶华叙述自己"租室一隅高新路，为儿郎，肝心付。三年寒窗始开启，从此晚归早出"，"费尽思量入名校，谁却解、孟母三迁……偶与家长讨方，道一律千篇"，"才散家长会，步盈且心慰"，我自己也刚养大一个调皮捣蛋的儿子，故能特别理解晶华的用心良苦。晶华还有一类以文字为游戏的作品，如《瑶华》以流行歌曲名组成，《风入松》以鲁迅作品题目织成。以藏头词与朱晓渭酬唱，以藏头诗祝贺新年等等，这些都是古代文士的余绪，要做好也很见功力和才气。我更看重他将环境污染问题纳入词写作的视野，集中有多首提及，《凤箫吟》一篇通首写雾霾，虽然洋文及数字"PM二点五"如何入词尚可斟酌，但透过"又拆建无度，看黄尘激扬，彻夜不息，向年年，谋划无术。莫哀怨，满目口罩，谁唤风流"等句子，可以看出他对这一生态灾难的态度。另外《生查子》一首写沙尘暴，也令人印象深刻。最为特别的还要推《酒泉子》（哭羊），对西安城餐饮界方兴未艾的"铁锅炖羊肉"义正词严地抨击："多少悲魂穿肠过，泪作釜中汤。自古嗜血数豺狼，而今狼绝人更猖。"据我所知，晶华并非素食主义者，但饕餮之徒的暴殄天物，土豪们的大肆挥霍，激起了他护生的热情，更何况晶华幼年曾有过放羊的经历，与善良动物长期的亲密接触，唤醒了他的"不忍"之心。将生态文明、绿色和平、动物保护纳入到创作视野，极大地拓宽了词的题材，应给予鼓励。

知名华人学者陈之藩先生在美国麻省理工学院演讲时引过王国维《浣溪沙》词中的句子："觅句心肝终复在，掩书涕泪苦无端，可怜衣带为谁宽！"陈先生还怕别人不能理解他的心曲，于是又用自己的话解释说："我们当然对不起锦绣的万里河山，也对不起祖宗的千年魂魄；但我总觉得更对不起的是经千锤，历百炼，有金石声的中国文字。因此，我屡次荒唐的，可笑又可悯地，像唐吉诃德不甘心地提起他的矛，我不甘心地提起我的笔来。我想我在国外还在自我流放的唯一理由是这种不甘心。我想用自己的血肉痛苦地与寂寞的砂石相摩，蚌的梦想是一团圆润的回映八荒的珠光。"（陈之藩《叩寂寞以求音》）

之藩先生念工科出身，是国际知名的华裔工程学家，但又是文化遗民，所以把现代社会中"有金石声的中国文字"的失落，看做与"锦绣的万里河山"、"祖宗的千年魂魄"的失落同等严重，有深刻的痛苦感和危机感。这让我们这些身居华夏腹地专攻中文的学人，在几十年后重读这些文字，仍感到羞愧。好在以中华之大，还有人清醒地坚守，不甘心地提着唐吉诃德的矛不断地与风车搏斗。仅我知道的陕西词苑，就有徐耿华、月人、王峰、高晶华、张小宁等一批中坚在清醒地坚守，不懈地探索。我鄙陋，又不善倚声，但愿意以他们为友军，为他们的壮行击鼓助威，摇旗呐喊。

2014年5月9日于故都长安聚沙斋

（李浩，西北大学副校长，文学院教授。）

序 二

厚 夫

执着的追求，可喜的收获

在社会生活节奏越来越快、快餐文化大行其道的今天，一般人耐不住性子品咂文学作品，更遑论研墨习文、用唐诗宋词的文化意象寄寓当下的情感了。然而，我曾经的学生高晶华君却是一位在工作之余寄情于清风明月间、沉浸在古体诗词中、并有所收获的追求者。这不，他以多年执着的追求，出版一册古体诗词集，这自然是可喜可贺的事情。

晶华君早在延大中文系求学期间，就是一位激情澎湃的文学青年。他追崇延大校友、我国当代已故著名作家路遥的文学精神，发起成立了"路遥文学社"，并担任社长。当时，延大已有一个响当当的布谷诗社。路遥文学社成立后，经常组织文学讲座与文学研讨等活动，工作开展得风风火火，风头甚至盖过了老字号的布谷诗社，在省内高校中颇有一番名声。后来学校的社团合并，路遥文学社兼并了布谷诗社。当时，我和几位专心做着创作梦的青年教师是路遥文学社的"指导教师"，目睹了它由呱呱坠地到不断壮大的全部过程。我那时印象中的晶华君个头中等，削瘦，性格坚定，有较强的组织与协调能力。晶华君毕业时考取了省级公务员，长期在省级机关工作，直至今日升迁为副厅级干部，在老师与同学眼中算是位成功者。我原想，长期在行政机关工作的晶华君个人兴趣早已转移，可是当他拿出一册厚厚的古体诗词集后，我却诧异了，原来沉稳、内敛的晶华君在繁忙的工作之余仍暗自做着自己的文学梦。看来，不管外部世界如何变化，一个人的青春梦想却不会被轻易改变。

有意味的是，晶华君自觉选择古体诗词创作，尤其在古体词创作上颇下了一番苦功夫，以致于这本诗词集中的绝大部分作品均是古体词。古体

诗也好，词也罢，均是有节制的抒情形式。诗要讲究平仄、韵律关系；词也要"依声填词"或"按谱填词"，要在规定的词牌与规定的字句之间传情达意。诗词是中国古代文人、士大夫们在撰写经世致用的文章之余的消遣性方式，重在抒发情感，它是有难度的创作。"五四"新文化运动后，白话文彻底取代文言文，自由体新诗取代古体诗词也是必然的逻辑，因为文体革命的背后是思想的解放、情感的解放。事实上，就诗词的形式而言，自由是相对的概念。词是律诗的解放，曲是词的解放，自由体诗歌则是古体诗词的解放。古体诗词在中国现当代文学史中一直处于被遮蔽的状态。当然，现当代文学史有意遮蔽古体诗词，并不等于说古体诗词并不能存在。事实恰恰相反，古体诗词在中国民众中仍有相当深厚的群众基础。远的不说，我国老一代革命领袖们大都能写出漂亮的古体诗词。尤其是毛泽东同志的古体诗词，更让国人耳熟能详。然而，就是这样一位善于吟诵古体诗词的高手却反复告诫人们："诗当然以新诗为主体，旧诗可以写一些，但是不宜在青年中提倡，因为这种体裁束缚思想，又不易学。"毛泽东同志说的是实情，这种有节制的抒情方式，有诸多游戏规则，青年人学起来确实不容易。可晶华君却一头扎进这种有难度的抒情游戏中，并乐此不疲。他在多首词中，道出学习古体词的诸多甘苦："学赋宋词，多触景生情。聊以慰藉权自吟"（《洞仙歌》）；"忘红尘，忆古伤今，醉在词中。婉约豪放，无高下，自在情真。纵牌工韵正，字字珠玑，何求感同"（《扬州慢》）；"都付病词三百首，难流芳，但抒胸臆。笑我痴，心猿不知妻归"（《渡江云》）；"宋时词盛，料几番唤我，游走拙笔"、"近池墨抒胸味，才能两疏难唯美。权当是、伴侬行，一路风雨"（《暗香》）；等等。

晶华君填了二百多首词，词牌大体用了几十种之多。他笔下的词与古人传情明志的方式并无二致，均是触景生情的产物。这些词中，既有大气磅礴、慷慨激昂的咏古词章；也有抒写绵邈深婉之情的篇什；既有对乡村往事的追忆，也有对现实尘俗生活的讽喻；既有激情满怀的奋斗之曲，也有宦海莫测的心绪表露……我的总体感觉是，晶华君的心仍然敏锐，善于捕捉外部景观对其心灵的刺激，从而触景生情、借景生情、感物生情、嗅味生情，吟唱出心灵的篇章。这样，他笔下的景是寄寓了无限情感的景，他笔下的情又找到最佳的寄寓方式。换言之，即"一切景语皆情语也。"

值得注意的是，晶华君心中的情不是泛情，而是有其特定状态与合理路径的情感。晶华君是位起于乡村的奋斗者，其生命之根在于乡村，生存之境在城市，乡村也正是人生的出发地与抒发乡愁的港湾。当他在征途中劳累之时，夜夜入梦的自然是鲜活而真切的乡村生活。于是，他补充了能量继续前行。因此，在处事内敛的晶华君的心里，乡村既是行走于尘世间不竭的奋斗源泉，也是观照自身行为准则的一面明镜。

晶华君的词有小令、中调与长调诸种。对于阅读者来说，不同出身、性格、知识背景与修养的人对作品有不同的审美理解。就我个人而言，我倒是特别喜欢晶华君的一些小令与中调，因为这些词更显出其灵动的才情。如《望江南·过合州》中有"百亩湿地雾中走，十里芦荡孤鹭飞，歇在诗经里"句；《点绛唇·秋思》有"月黑雁高，云卷风急蜀汉瘦；雨打芭蕉，愁锁关陇路"句；《阳关引》有"渭水烟波阔，杜陵秋声咽"句；《忆秦娥·咏春》有"农夫踏野扶犁把，布谷衔雨唤新丫"句；《青玉案》有"春执犁把答慢牛，秋傍沃土酿美酒"句……这些貌似随手拈来的佳句，实则是晶华君长期炼字炼句的结果。不然，他填词时既有"求押韵，时时言不逮意，意难达，长恨七窍不灵"的感慨，也会有"道是良辰填词赋"的情意。

爱好古体诗词，是晶华君个人修养的具体体现。在我国古代，哪位官员不是一手著经世之文、一手赋言志之诗的？香港国学大师饶宗颐先生曾言："文学是一切学问的底子，文学好了，其他一切自然就好。"我的理解，文学好，既指情感的丰富性，又指表情达意的准确性。像晶华君这样长期沉浸于古体诗词中的有情有义之人，其他事情焉能处理不好？

值得注意的是，文化热是伴随经济热而来的。这些年，随着我国经济实力的不断提升，国民对文化的自觉追求愈来愈受到重视。作为国学一个有机组成部分的古体诗词，因其拥有根深蒂固的基础与法定的"中国风格"，也会在普通大众中重新热起来。而晶华君这位孜孜以求的实践者，我们理应给他一次热烈而持久的掌声。

2014年5月1日于一步斋

（厚夫，本名梁向阳，1965年生，陕西延川人，陕西省作家协会副主席，延安大学文学院院长、教授。）

序 三

白振有

甲午之春，万象更新，柳绿桃红。浮生难得半日清闲，乃援清茶一捧，拜读晶华君诗词华章，怡情养性，真乃人生之至乐也！

晶华君乃延大文学院之高徒，书海徜徉，品学皆优。毕业之后步入政坛，匡世济民，成绩卓然。为政之余，镂玉雕琼，裁花剪叶，激扬文辞，抒情言志，文采意境，一至于此矣！身处滚滚之红尘，尚能养清华之性灵，抒晶华之情志；清新高洁，玉树临风。缘此感动钦佩，油然生焉！

夫文以载道，诗以言志。晶华诗词，其题材内容也，或登崇山峻岭，或行市井小巷；或穿越高原大漠，或徘徊小桥流水。或歌师生同学之相知，或颂亲朋好友之情谊。或咏家国春秋民生疾苦，或述父慈子孝天伦之乐，或叹兄弟手足儿女情长。昌言哲思，启迪心灵；真情厚意，荡气回肠！

夫言之无文，行而不远。晶华诗词，其艺术风格也，或刚健豪放，笔力遒劲，境界雄奇。犹天风浪浪，海山苍苍。观化匪禁，吞吐大荒。或温婉缠绵，笔墨细腻，格调柔美。似娟娟群松，下有漪流，晴雪满汀，隔溪渔舟。或朴素自然，淡泊虚静，高古深远。犹幽人空山，过雨采苹。俱道适往，着手成春。或华美绚丽，辞藻丰赡，辩雕万物。似雾馀水畔，红杏在林。月明华屋，画桥碧阴。或简约明快，直抒胸臆，酣畅淋漓；或庄重典雅，含蓄蕴藉，意味隽永。凡此种种，实难尽述。

晶华君嘱予序其诗词，作为师长，骄傲于青出于蓝而胜于蓝，欣然提笔，以为之序。抛砖引玉，敬请读者诸君，共赏奇文！

甲午仲春于延安大学逍遥斋

（白振有，延安大学文学院教授，硕士研究生导师。）

序 四

吕 达

我所认识的晶华

　　我和晶华的交往始于二十年前。1993年9月的一天，正是一年一度新生入学报到的时候，当时我工作刚满一年，担任教学秘书兼九三级新生辅导员工作。那时我带着一群刚报到的同学在学校礼堂领取小凳子，这时有一位同学走过来递给我一封信，信的内容大致如下："吕达贤弟你好！兹介绍我的得意弟子高晶华前来延安大学中文系报到，该同学品学兼优，尤其语文成绩很好，属可塑之才，请因材施教，多加培养。"落款是："靖边中学语文教师：崔宝亮"。晶华给我的第一印象是面容俊秀，身材挺拔，腼腆而略带矜持，眉宇间充满了阳光与自信。刚参加工作的时候，延安大学的生活条件确实比较艰苦，许多年轻教师住在杨家岭靠山坡的六排窑洞里，我还算幸运，住在四排，取水要到山下的水房里去担，遇到洗比较多的衣服，则要下山担好几次。我家里放了一个水缸，能盛三担水，晶华每次来都担得满满的，最后还要将水桶也担满。

　　晶华和我一样，从小生活在山大沟深、靠雨吃水、靠天吃饭、原始而又偏僻的小山村。那时候家里孩子多，加之土地贫瘠，广种薄收，贫穷落后在所难免。晶华的父亲是只上了1月冬书，念书不多但记性特别好，学什么会什么，德高望重，幽默诙谐，多才多艺的人。当过木匠、放过羊、种的好庄稼。晶华的母亲慈祥厚重、善良贤惠、教子有方、持家有道。良好的家风，艰苦的环境，多子女的家庭，从小培养了晶华吃苦耐劳、不卑不亢、穷则思变、自强自立的品格。

　　1995年，靖边南部山区遭遇大旱，水窖干涸，人畜饮水成了问题。当时晶华和我谈到家乡的缺水情况，心里甚是难过。为解燃眉之急，我急忙联系我的父亲，最后通过父亲的朋友用大罐车送去了水才缓解了用水困难。我的家乡也在靖边的南部山区，山高水远，每次赶上毛驴下沟驮水，来去总得两三个小时。有时驴驮人背，或赶着毛驴顺手提着水桶，反正是效率最大化，去一次顶一次。冬天下沟取水，景象颇为壮观，驴驮两桶，桶上面还放着冰块，大人们背着冰，孩子们怀里抱着冰溜子，一路边走边吃，路上吃好了，回家自然能节省水。小时候，水对村民们来说就是最宝贵的资源，一天不吃饭可以，一天不喝水那就太煎熬人了。一家人用半盆水洗脸，你洗完他洗，最后已经脏得实在不能用了，还要用来扫地洒水。后来政府投资砖和水泥，农民出工出力，先是在人口相对集中的地方选择地点建几个大的水窖，逐渐家家户户都依坡度、距离远近、方便程度、在雨水富集的地方建起了大大小小、规格不等、形状各异的小水窖。每逢雷雨天气或阴雨绵绵的雨季，村民们披着雨披、打着伞或身上裹着塑料布在雨地里收水，尽管预储水的水池里飘满了各种柴禾、树叶、抑或其它东西，不管三七二十一收下再说。再后来政府为各家各户配备了用于净化水质的氯化钠，水质相对好些了，用水困难也相对缓解了。水窖在当地来说是解决了一些问题，当然和城市的自来水比起来那就差远了。直到现在，许多缺水地方长大的人，不管后来走到哪里，依然保持着珍惜每一滴水，节约每一滴水的好习惯。

小时候，放羊放牛或砍柴割草，站在山顶，遥望连绵起伏、莽莽苍苍、辽阔深远、隐隐约约在天际的群山，总是渴望山的那边会是什么，幼小心灵里总会思量大海会在重峦叠嶂大山以外大山的那边。现在回想起来，从小长在深山里的晶华会和我有同样的心理体验。

晶华和我关系密切，感情笃厚。既是师生、朋友、兄弟又是同乡。上大学期间晶华学业成绩优异，酷爱书法和写作，发表了大量书法和文学作品，创办了"路遥文学社"，并担任社长，更值得一提的是晶华在大学期间连年荣获三好学生、优秀学生干部称号，获得过"505奖学金"、"华藏奖学金"和全国"徐特立奖学金"。

晶华写词、写诗而且写得那样好，验证了成语"厚积薄发"，有了良好的积淀，至于什么时间以何种方式表现出来那是自然而然的事情。延安大学胡俊生教授、附属中学黄巨国校长经常讲的一句话就是"学生是母校的名片，学生是老师的脸面"，培养出许许多多优秀的的学生，更能激励老师们把育人与传播知识的工作做得更好。

愿晶华在从政与创作的道路上披荆斩棘，越走越远！

2014年4月于延安大学其芳楼

（吕达，延安大学文学院党委书记，教授，硕士研究生导师。）

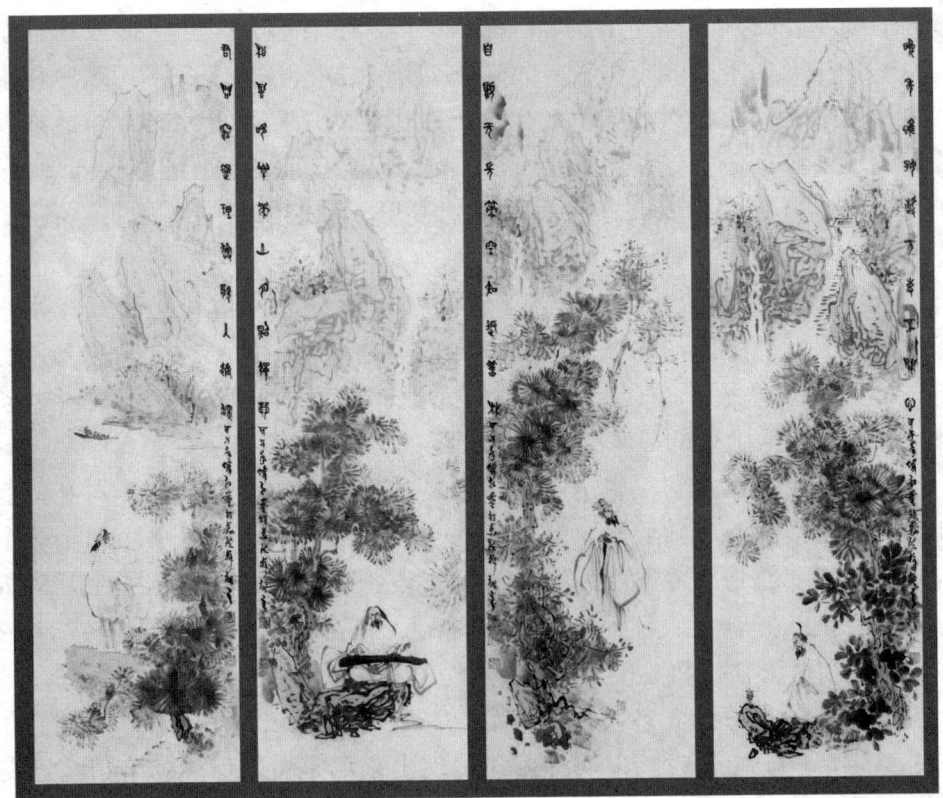

目 录

词 篇

003	青门钦	025	酒泉子·哭羊
004	望江南·过洽川	026	长相思
005	念奴娇·怀古	027	行香子·寄某同学
006	阳关引	028	小重山
007	定风波·咏壶口	029	无牌·赠友人
008	木兰花·秋悟	030	清平乐
009	扬州慢	031	点绛唇
010	西江月	032	点绛唇
011	蝶恋花·故乡秋韵	033	浪淘沙
012	八声甘州·登秦岭	034	忆秦娥·霾
013	宴清都	035	如梦令·忆延安
014	八归	036	临江仙
015	虞美人	037	破阵子·统万城
016	水调歌头	038	望江南
017	御街行	039	点绛唇·秋思
018	相见欢	040	忆秦娥·咏春
019	鹧鸪天	041	采桑子·夜行南湖
020	捣练子	042	子夜歌
021	踏莎行	043	醉垂鞭
022	霜天晓角	044	尉迟杯
023	南乡子·耍猴	045	玉京秋·话感冒
024	忆余杭·恨王棍	046	曲玉管·午夜杂感

夜阑集　　2

047	瑶华	076	水龙吟
048	昼夜乐	077	一丛花令
049	高阳台·玩味麻将	078	减字木兰花
050	凤栖梧	079	风入松·咏鲁迅
051	唐多令	080	天仙子
052	卜算子慢	081	千秋岁
053	浪淘沙慢	082	燕山亭
054	鹧鸪天	083	青门引
055	定风波	084	踏莎行
056	诉衷情近	085	山亭柳
057	风入松	086	破阵子
058	少年游	087	二郎神
059	玉京秋	088	千秋岁引
060	青玉案	089	疏影
061	千秋岁引·咏麻雀	090	思远人
062	戚氏	091	念奴娇
063	卜算子	092	离亭燕
064	望海潮	093	蝶恋花
065	齐天乐	094	玉楼春
066	玉蝴蝶	095	采莲令
067	疏影	096	苏幕遮
068	满江红	097	贺圣朝
069	满庭芳	098	采桑子
070	洞仙歌·讴车	099	朝中措
071	鹤冲天	100	诉衷情
072	轮台子	101	生查子
073	江城子	102	南浦
074	倾怀	103	关河令
075	采莲令	104	临江仙

105	浣溪沙	134	江城子
106	蝶恋花	135	行香子
107	两同心	136	玉蝴蝶
108	惜黄花慢	137	一丛花令
109	惜黄花慢	138	鹧鸪天
110	西江月	139	唐多令
111	凤箫吟	140	华清引
112	桂枝香	141	浣溪沙
113	浪淘沙令	142	浣溪沙
114	阮郎归	143	调啸词
115	御街行	144	倦寻芳慢
116	临江仙	145	水调歌头
117	蝶恋花	146	少年心
118	鹧鸪天	147	好事近
119	阮郎归	148	望江东
120	阮郎归	149	青门饮
121	阮郎归	150	八六子
122	阮郎归	151	鹊桥仙
123	六么令	152	浣溪沙
124	何满子	153	满庭芳
125	卖花声	154	天仙子
126	杏花天	155	夜合花
127	渔家傲	156	渡江云
128	沁园春	157	凤凰台上忆吹箫
129	西江月	158	木兰花
130	定风波	159	御街行
131	卜算子	160	生查子
132	洞仙歌	161	生查子
133	洞仙歌	162	生查子

163	芳心苦	182	迷神引
164	采桑子	183	秋蕊香
165	诉衷情	184	红林擒近
166	浪淘沙	185	少年游
167	采桑子	186	风流子
168	透碧霄	187	木兰花慢
169	木兰花	188	醉花阴
170	子夜歌	189	蝶恋花
171	子夜歌	190	解连环
172	石州慢	191	南柯子·洛水咽
173	罗敷歌	192	苏幕遮·有悲于同事为父上坟
174	暗香	193	雨霖铃·悼海波之父
175	南柯子	194	凤箫吟·李府凭吊
176	鹤冲天	195	唐多令·忆张国荣
177	罗敷歌	196	唐多令·忆邓丽君
178	下水船	197	生查子·悼慕锡凡恩师
179	减字木兰花	198	生查子·忆尊师慕锡凡
180	柳梢青	199	夜飞鹊·深切缅怀丕善同志
181	眼儿媚		

诗 篇

203	七绝·大寒	210	无题
204	七绝·塞上行	211	逃亡的冲动
205	"延"途感怀	212	守望炊烟
206	壬辰年贺岁藏头诗	214	窑洞
207	七绝·龙年贺岁	216	一种倒下叫站起·写给孔繁森
208	壬辰年庆中秋作	218	一棵树
209	七绝·秋祭	220	敬仰与感动·建党90年抒怀

词篇

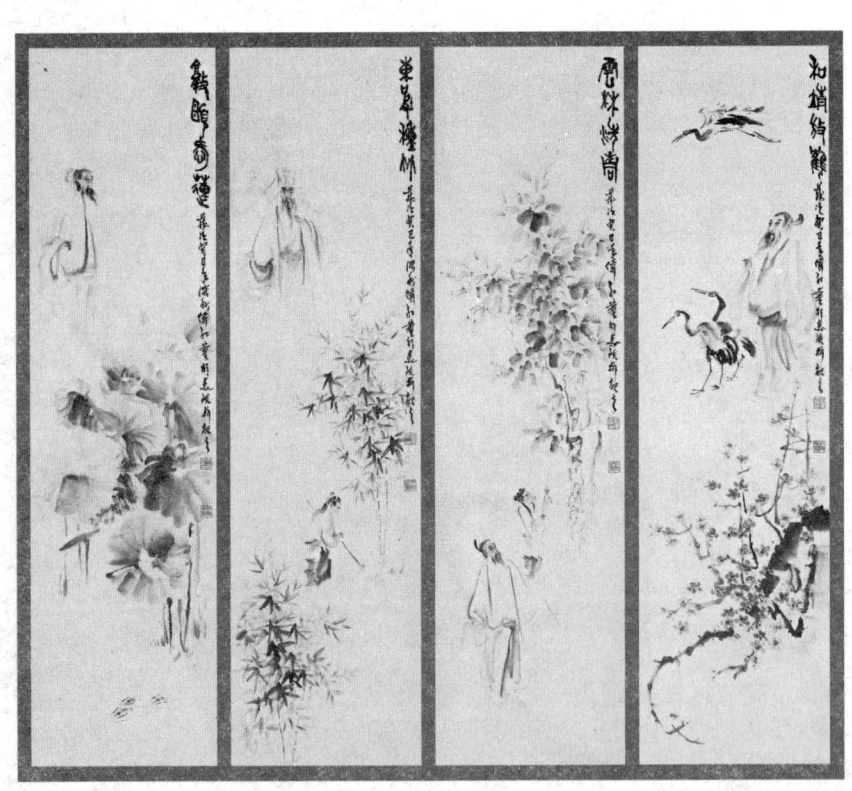

青门钦

乾坤朗朗，惠风辽辽，江山绵绵，天地昭昭。
五岳霄霄，八水淘淘，万里中华梦绕。
自尧舜启荒，朝亦朝，雄关漫道。
东方欲晓，谁秉日月，马恩列毛。
长记腥火夹道，红尘颠宕，风雨飘摇。
拉朽摧枯，鼎新革故，又承三个代表。
倡科学发展，切时脉，举世称道。
最是习李新政，九州风景独好。

望江南·过洽川

(一)

添毛衣,塬上秋正低。
百亩湿地雾中走,
十里芦荡孤鹭飞。
歇在诗经里。

(二)

残荷冷,车过黄河滨。
夏阳古渡烟波去,
浊浪滩前野鸭鸣。
何似江南曾?

念奴娇·怀古

诗赋千卷,问烟波,谁是风流人物?
长安犹在已非昔,输却大唐半壁。
南降诏人,西服蕃地,北饮回纥血。
文以载道,当数李杜豪杰。
遥想朔风陇月,争先入诗列,如泉涌发。
诗不御国伤心处,故园灰飞湮灭。
霜染年华,风破茅屋,悲情冲冠发。
盛世兴文,斟满酒重对月。

阳关引

渭水烟波阔,杜陵秋声咽。
飞入夕阳孤鸦歇。
登楼阁。
看萧萧细柳,灞上风摧折。
捋青发,年华不怠知时节。
盼君不见君,词一阕。
且愿东逝水,捎去几多念。
思故人,把酒当歌邀明月。

定风波·咏壶口

天下黄河一壶收,酿出甘醴醉九州。
朗朗晴日惊雷起,细听,凛凛千虎腾空吼。
灼灼骄阳架彩虹,再看,奕奕神龙昂其首。
人间仙境独此处?正是,除却壶口哪还有!

木兰花·秋悟

窗外风起淫雨乱,窗内墨染诗词散。
叶落萧萧几时休,怀古思今肠欲断。
提笔渐恨修文晚,对镜才觉颜已暗。
昔年多情厌遣兴,今日兴来须借情。

扬州慢

月冷风清，过浮跎村，忽见诗意兰亭[1]。
一帘幽梦醒，半窗灯独明。
词阕不老越时空，散发乘风，把酒浅吟。
忘红尘，怀古伤今，醉在词中。
婉约豪放，无高下，自有情真。
纵牌工韵正，句字珠玑，何求感同。
风流人物安在？潇潇夜，霜落无声。
笑年华不羁，佳人绝句共生。

【注释】

[1] 指西安曲江兰亭小区。

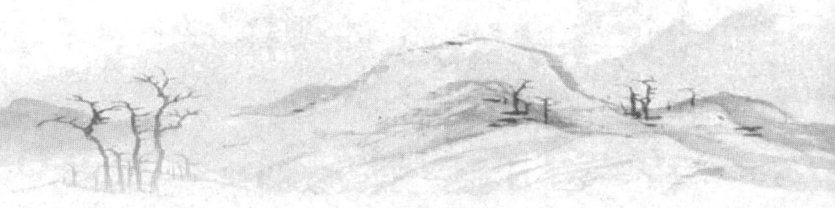

西江月

三月都云春短，
忽焉满街单衫。
但见耕牛织山川。
林荫百鸟婉转。

良月[1]却道冬贪，
秋色转瞬淡黯。
又闻落雪拥蓝关[2]。
烟袅万户驱寒。

【注释】

[1] 良月即十月。

[2] 出自韩愈《左迁至蓝关示侄孙湘》句"云横秦岭家何在，雪拥蓝关马不前。"

蝶恋花·故乡秋韵

春远夏去冬未来。
骄阳不在,
雁阵向南摆。
风卷芦河浪徘徊,
霜打柳枯南五台。

糜麻黍麦场院排。
梿架声起,
谷落扬尘埃。
金色酒觚牛角摘,
红荞大曲[1]饮开怀。

【注释】
[1] 红荞大曲,即红荞坊。白酒名称,用荞麦为原料酿制,产地陕北靖边。

八声甘州·登秦岭

驱车过子午,沐深秋,趁兴登秦岭。
包茂[1]飘如带,北袖钢都[2],南舞花城[3]。
侧耳松涛横笛,极目尽层林。
鹰穿翅弹琴,竹又和声。
幸遇庙观问道,循烟袅钟音,恰凭僧人。
长发奈山青,守灯看红尘。
拂愁散,倦鸟归巢,忽转身,斜阳落孤亭。
已黄昏,眺长安城,雾与天平。

【注释】

[1] 指包茂高速。

[2] 钢都,即包头。

[3] 花城,广州别称,狭指茂名。

宴清都

灯火映如昼。
长安路、车来车往无数。
星缀天幕，伊人空瘦，今宵何度。
杨柳摇落秋风，满地碎，乱眼归途。
曲江池，人稀影疏，不知佳音何处。

红尘漂白华年，夜已褪色，忽焉寒露。
岁月不古，泾水东流，朝朝暮暮。
凭谁来解《长恨》，细思忖，皆为烟雾。
莫负今，春景可期，来年看柳。

八 归

盛年不重，日复西沉，人生难越百年。
持戈仗剑走天涯，梦里当掌乾坤，志在柄权。
足下追风红尘切，笑苍穹，欲火谁点？
最如愿，壮志今酬，看眉宇霄天。
再得风花雪月，佳人与共，又拥百顷良田。
是非成败，昨日云烟，昼终输却夜。
唯心宽体硕，颐天年不羡神仙。
挑明灯，轻下竹帘，把酒临砚，欢颜赋词阕。

虞美人

霜打梧桐叶自飘,
秋煞氤氲早。
灞陵孤冢栖寒鸦,
长恨骊山烽火映残霞。
玄武朱雀今犹在,
只是颜容改。
不知春秋有几度,
但问天竺归经雁引路。

水调歌头

烟笼长安月，雾锁子午路。
寻得茶舍，独品乌龙倦意稠。
韶华自古单程，往事过眼难究，人心不可估。
生来一场梦，恨爱两悠悠。
因情累，缘欲苦，为名愁。
不想也罢，墨落笔走写风流。
忘却红尘羁绊，从此颂今咏古，唤上一壶酒。
词赋何说愁，浮云杯外走。

御街行

租室一隅高新路，
为儿郎，肝心付。
三年寒窗始开启，从此晚归早出。
虽无悬梁，但类刺股，千般功名苦。

周日又把功课补，
倘不与，恐落伍。
才算函数与勾股，又背洋文之乎。
卷评优差，分比高下，皆为争上游。

相见欢

(一)

忆昔豆蔻年华，
太匆匆。
花开花落无处觅芳容。
爱无悔，长留醉，何复醒？
自是痴痴薄命付红尘。

(二)

又见风凄霜冷，
雨蒙蒙。
春去秋归天涯盼归人。
空回首，泪难收，挑灯孤！
都付汤汤渭河水流东。

鹧鸪天

南生菩提北栽槐,
留得花香蝶自来。
蝉鸣不过清霜后,
老羽昏鸦独徘徊。
秋接夏,陆连海,
祸福相依难分开。
循时顺意诚可待,
是非功过岂容改?

捣练子

（一）

意如麻，夜深沉，
忽焉春夏又秋冬。
枕空席冷人不寐，
凭帘念妻扣家门。

（二）

雨未歇，灯半明，
娇儿入梦拥寒衾。
一种相思两地愁，
沉浮与共话此生。

踏莎行

天色将阑,暮气渐老,
庭空灶冷青梅[1]少。
凭窗但见叶落急,
拉帘又闻雨潇潇。
心近切切,人远迢迢。
舀起相思三两勺,
忽有千言心头绕,
掐指试目归期早。

【注释】

[1] 夫人姓程名青梅。

霜天晓角

八里东村,一夜楼空拆。
让却商贾大厦,离故土,伤心辙。
昨镢,今又锹,乱字谁与说。
曾记凿地三丈,高墙砌,修地铁?

南乡子·耍猴

闲人争比肩，一锣一哨一个圈。
是颦是笑看鞭落，呜呼，猴猿当为人祖先。
猴儿本无言，卖萌兜乐须交钱。
世间有事类如此，噫吁，互为讥讽与戏谑。

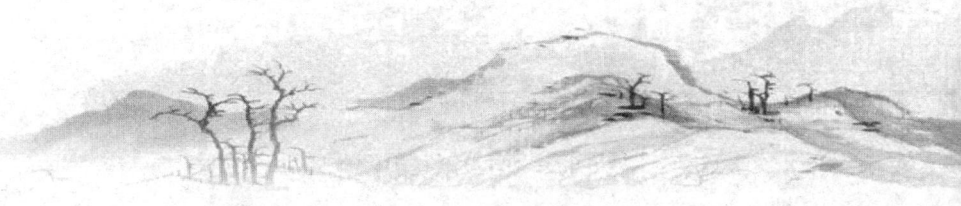

忆余杭·恨王棍

长恨王棍,盘店设铺专杀羊。
刀起皮落筋骨开,不过一烟袋。
刃血未干十余年,阎罗不恤召西天。
自古屠生逆戒律,乐善好施命休戚。

酒泉子·哭羊

一叶寒秋,铁锅炖羊满城殇。
多少悲魂穿肠过,泪作缶中汤。
自古嗜血数豺狼,而今狼绝人更猖。
相生相克不可违,善恶报应皆轮回。

长相思

云空走,月空走,地角天涯两相愁。
何借水与舟?
春水流,泪水流,伤满西楼情独守。
雁过又深秋。

行香子·寄某同学

一辆大巴,两行辙伤。
别长安、西风凄凉。
独自无语,马达声响。
过隧道暗,弯道慢,直道长。
时时头晕,阵阵心殇。
算当年、回家看娘。
物是人非,泪空流淌。
叹愁无际,心无所,命无常。

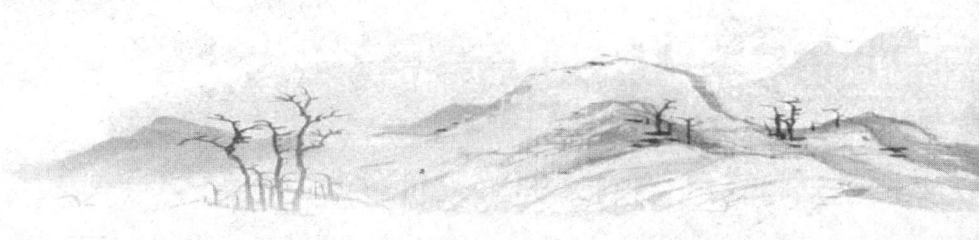

小重山

秋风萧瑟月如钩。
相思难聚首,
几许愁。
繁华寥落于枝头。
人空瘦,
谁解泪东流。

孤灯为谁守。
细雨不识愁,
凭栏俯。
满帘花落谁可留。
沧海泪,
湿透襟与袖。

无牌·赠友人

藏头词一首赠同僚友人朱晓渭先生,念其情,羡其才,遂成之。

  吾
  敬酒
  朱阁首
  晓月明楼
  渭水复东流
  写尽夏春冬秋
  词阙千首伴君走
  一腔文萃笑与高徒
  绝代风骚信笔赋九州
  佩剑杖戈独引箜篌
  服降同侪瞻其首
  他乡故知扁舟
  之乎一壶酒
  才饮今古
  华夏游
  真服
  牛

清平乐

窗外雨疏,诉尽别离恨。
同在曲江流饮住,奈何从此不共。
扶栏独上二楼,凭轩恰对床钩。
人面不知何处,对门正起高楼。

点绛唇

九月又九,
菊桂飘香染故都。
高堂白发,
千里儿思苦。

人生苦短,
今夜酒醒何处?
一把泪,
寄与谁留,
乡愁问鹧鸪。

点绛唇

登高极目,
烟笼秦川雾锁关。
忆兮经年,
天高云也淡。

惊雁悲鸣,
只影负山峦。
问秋蝉,
还有几许,
你终绝人寰?

浪淘沙

五月药山[1]葱，
天子问津。
玉华宫[2]外樱桃红，
华盖骝辇入树丛，
笑摘古今。

灞桥风折柳，
渭水东流。
暮楚朝秦心不古。
三千粉黛云外走，
江山难留。

【注释】

[1] 药山，指药王山，位于陕西耀县，是唐代医学家孙思邈长期隐居之处，因民间尊奉孙思邈为"药王"而得名。

[2] 玉华宫，属唐代帝王四大避暑行宫之首，位于铜川市西北郊玉华镇。

忆秦娥·霾

雾霭起,
霾锁终南绿依稀。
绿依稀,
去昔如画,
今日黛漆。

肩摩毂击夜不息,
春笋雨后高楼立。
高楼立,
阳光不及,
飞鸟难觅。

如梦令·忆延安

常记杨家岭畔，
矗立一路车站。
五毛到东关，
直奔香菇面馆。
上蒜，
上蒜，
狼吞虎咽嫌慢。

临江仙

席散曲终风冷,
伤离四海一品[1]。
踏月扶柳醉浓浓。
旧恋一场梦,真爱越几重。
今夜情归何处?
巢空在,鸟无踪,
酒醒人静奈愁深!
掬得相思泪,流到五更辰。

【注释】

[1] 四海一品,西安一饭店名称。

破阵子·统万城

荡气古道大漠，
浩渺云高天阔。
笑看尘起马蹄落，
匈奴骁骑刘勃勃[1]。
大夏成都国。

车辙碎家国殇，
悲魂壮向天歌。
最是天崩陵冢起，
数点寒鸦栖金柝。
谁言对与错。

【注释】

[1]刘勃勃，字屈孑，匈奴铁弗部人，后改名赫连勃勃（381—425年），十六国时期胡夏国建立者。

望江南

（一）

几许梦，寒夜枕上醒。
却似旧时芦溪畔，
同借夕阳背古今，
求学在靖中[1]。

（二）

别离恨，孤雁伴只影。
仰对九天空邀月，
垂首斟杯独自品，
天涯杳无信。

【注释】
[1] 靖中，即榆林市靖边县中学。

点绛唇·秋思

月黑雁高,
云卷风急蜀河瘦。
雨打芭蕉,
愁锁关陇路。
孤衾难寐,
一枕相思苦。
君知否,
楚水依旧,
舟横无人渡。

忆秦娥·咏春

燕来家,
油菜连天蝶恋花。
蝶恋花,
汉水汤汤,
细柳沙沙。

农夫踏野扶犁把,
布谷衔雨唤新丫。
唤新丫,
岁岁年年,
育我华夏。

采桑子·夜行南湖

（一）

夜阑独步曲江池，影单灯疏。
天凉晚秋。
叶落飘零逐莲藕。
几页扁舟兀自流，气球[1]垂头。
阅江空楼[2]。
轨[3]如卧龙难昂首。

（二）

多少伉俪曾牵手，金缘谁休？
覆水难收。
千古一叹宝钏[4]愁。
忽闻飞机天上走，过胡亥墓[5]。
才觉今古。
湖城大境[6]映独孤。

【注释】
[1] 指西安市曲江池畔用来观光的氢气球。
[2] 即阅江楼。
[3] 用于游览观光的轻轨车道。
[4] 指王宝钏与薛平贵爱情故事中的宝钏。
[5] 曲江池畔秦二世胡亥陵墓。
[6] 曲江池畔新开发楼盘。

子夜歌

红颜弹指去无影,
夜半酒醒叹千声。
功名何足重,
富贵乃浮云。
苍生谁与共?
唯求善与真。
往事成追忆,
皆收一梦里。

醉垂鞭

周末赴约忙，圆桌边，又相见。
觥筹交错勤，不觉夜已深。
待酒过七巡，言语乱，口无凭。
常去恐伤身，不到怕无朋。

尉迟杯

曲江池,云遮树,雨疏风且骤。
依稀鸭凫水面,汉武桥深处。
画舸凋憩,无处去,烟波锁几艘。
薄衾冷,望眼欲穿,千般相思东逝去。
遥想旧时风景,长亭外,天子佳人欢聚。
骚客粉黛传媚目,芳菲醉,情柔歌舞。
叹如今,愁满水驿,昼如墨,凭栏兀自语。
有何人,解我垂泪,相邀千盅不释杯。

玉京秋·话感冒

涕泪流，咳嚏未曾休，料染伤寒。
熬汤煎药，鲜有好转。
怎奈疾疟访缠，遂寻医，将病窥探。
问与切，挽袖吸血，又把喉观。
赋方列队交款，环连环，凡三百三。
柴胡头孢，渐入肌理，忽起冷颤。
人生无常，唯康健，何必工于计算。
强体魄，无需自求诘难。

曲玉管·午夜杂感

室有犬子，身茕影单，常忧寡多欢颜少。
又念习书中游，红尘冷峻，几多恼。
偶与妻议，抚一稚女，兄妹得乐且防老。
四处探问，八面托亲，佳音渺。
夜阑思忖，多顾盼，唯求至臻，岂知世无完人，何必孤芳自找。
且作罢，真爱难分羹，莫积心头怨，人生苦短，不惑将届，已平心潮。

瑶 华

《月亮之上》,《星星点灯》,《寂寞沙洲冷》。
《且听风吟》,《菊花台》,《思念是一种病》。
《想你的夜》,《爱情湖》,《不见不散》。
《心太软》,《从头再来》,《爱一个人好难》。
《不能说的秘密》,《最初的梦想》,《一生有你》。
《年华似水》,《猜不透》,《谁的眼泪在飞》。
《滚滚红尘》,《我多想》,《一路相伴》。
《春天里》,《回到拉萨》,《一辈子的孤单》。

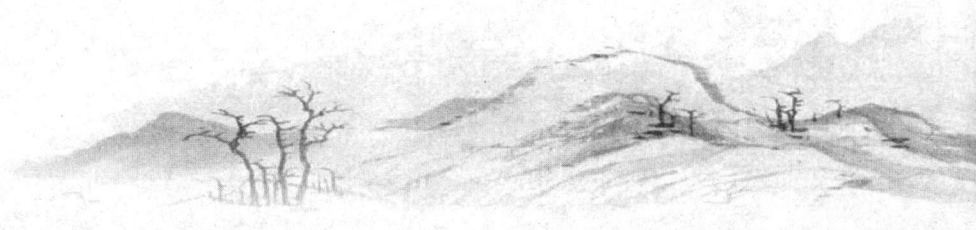

昼夜乐

豆蔻学堂初相遇,我坐东,君在西。
来如燕去百灵,犹记酒窝马尾。
情窦花蕾遭春寒,纵相念,且算呓语。
廿载偶重逢,面面两相觑。
千般思量何从诉?牵酥手,朝与暮。
早知别离凄苦,何曾将泪留住。
天妒蜀咽芦山崩,情更殇,音讯又无。
迢迢天河阻,悲愁添几度。

高阳台·玩味麻将

梁山好汉，绿发红中，东西南北皆风。
四方阵容，盯防截堵非盟。
腰酸背困眼皮肿，魅之在，局局殊同。
盼只盼，牌上清色，又一条龙。
几多欢颜愁容，看手上功夫，摸抓甩打，自在心平，吃碰当谨慎。
风水轮流任由命，输与赢，来去匆匆。
最气人，三六九饼，不敌吊东。

凤栖梧

独立窗前心惴惴，几处犬吠，明月挂天际。
蜂去花痴空恋蕊，千愁来袭岂如醉。
谁言男儿不弹泪，覆水难收，馐馔也无味。
拨灯续烟孤难寐，对酒恍惚人成对。

唐多令

群蝉闹初秋,双鸭戏晚舟。
信步独过阅江楼。
一湾清波抱明月,柳荫密,荷叶疏。
才惊捏面术,又佩吹糖翁,游人流连岸边走。
买根雪糕忘入口,醉人夜,化水流。

卜算子慢

蓝天渐少,枯桐半凋,极目秦岭难寻翠。
雾霾登场,又是秋冬天气。
人如蚁,芸芸吸尘器。
伤此景,常念昔时,天地朗朗如画里。
脚下曾麦地。
阶前芳草碧,春燕斜翼。
又叹今日,楼摩肩车排队。
尽无言,谁会看谁肺?
纵写得尺素千结,奈愁与谁寄?

浪淘沙慢

一梦醒来别秦岭，迁树进城。

那堪劳顿、又陷绑捆，精疲力尽。

嗟伤离，根扎深山中。

打点滴，难复元气，更须听，车水马龙，无鸦雀来栖身。

自农转非，忍纳浊气，几度潸然动容。

遥念父辈，情甘守寸土，泰然一生。

恰逢如今，天长日永，凭空骨肉难逢。

且作罢、唯顺时者昌，愿一芥年轮，不负二度青春，学西安话，莫让人欺凌。

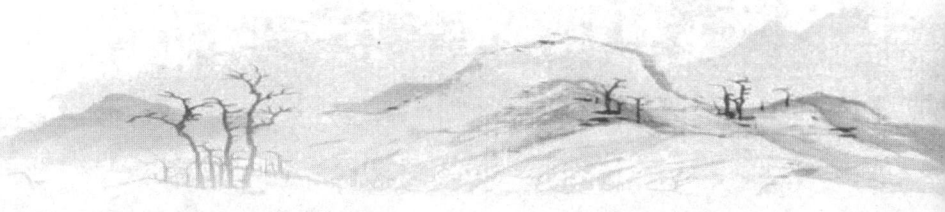

鹧鸪天

一弯天虹映两岸，月细离家月圆还。
藤长自绕心千结，乌云阻断两重天。
乡愁近，烟波远，百般相思付秋蝉。
雏雁迷途唤母急，只信归巢不信仙。

定风波

是年春,命运逆我,话到唇边不可。
蜂花有约,恶逢冬寒,梦被风霜锁。
食无味,枕难眠,终日厌厌倦梳裹。
无他,恨才貌不共,宽囿则个。
早知恁么,悔当初,误秋后修果。
相扶仗,空忆流年时光,任凭福与祸。
真爱过,莫言错。
人生易老心亦老,且罢,听无边萧木伤泣啜。

诉衷情近

九三初遇，忽过讲台处：谁家姑娘初成，发乌眉浓痣醒。

恰升同一学府，光阴四载，约定托终身。

那年冬，路迢踏雪成亲。

贫贱不移，相搀下古城。

苦打拼！子换童声，情业两兴，相敬为宾，昭日月与共。

风入松

儿到十三叛逆显,时时得纠偏。
费尽思量入名校,谁却解、孟母三迁。
出语时不顺耳,手撒岂知惜钱。
偶与家长讨方,道一律千篇。
忽忆旧时亦曾年,唯父母,金玉良言。
遍观今日少辈,常忧国之明天。

少年游

雨密风骤行人寥,撑伞恨力小。
冬临城下,灯寒巷瘦,叶谢无情凋。
呷茗闲叹光阴老,愁倦何处逃。
一曲阳关,绕肠千结,岂奈知音少。

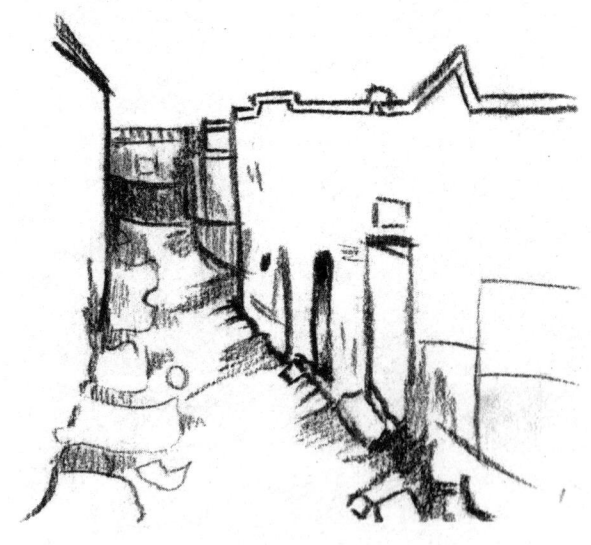

玉京秋

雨正骤,灞上风折柳,水天一色。
银发高堂,胃寒体弱。
餐渐稀愁更稠,莫迟疑,入院察测。
追忆昔,一襟苦难,便与谁说。
少时学艺抡斧,千斤重,青年归田,养家抚子,牧羊十载,饮风茹雪。
方可反哺,恨之恨,风烛残年时节。
声已噎,但盼拨云见月。

青玉案

隔沟一曲《信天游》,声回荡,雁鸣秋。
已是黍谷揖首节,极目群山,镰起刀落,年景已成铺。
春执犁把笞慢牛,秋傍沃土酿美酒。
谁舒广袖舞丰收?
秧歌且慢,锣鼓快息,勿惊林中兔。

千秋岁引·咏麻雀

传家灰衣,结伴翩起,千村万巷闹叽叽。
生来有足不能走,离地不过跳与飞。
忆文革,害除却,近绝迹。
十年浩荡烟云散,唤与枝头复又归。
生生息息皆法理。
又见《故乡》撒秕谷,劫命都因雪妩媚。
万世人,千秋雀,何曾离?

戚 氏

叹寒天，高堂银髯又入院。

风拍柳瑟，霜打衾寒，心已悴，凄也。

愁绵绵，终南岭下群鸦闲。

儿时马乱兵荒，何以裹腹空无缘。

少年徒壁，鼠过长叹，入府念学只梦魇。

逢十年浩劫，衣食维艰，举家南迁。

流离度日如年。

五子嗷嗷，复又转三边[1]。

才弱冠，妻染沉疴，命悬一线。

叩华佗，背债八千何妨？屈指痛掐经年，未名未禄，牧羊几度，噬泪批尘，白于山[2]里迁延。

方见光阴好，又作候鸟，春归旧檐，冬返新巢，孙儿绕膝陶陶，且当歌，茗酒颐天年。

谁主日月之梭，生生不老，贤孝凭何限？

向苍天，借寿二十年。

积功德，百岁还童颜。

越此阶，日正中天，秦山近，雾岚远，喜鹊跃电线。

过二环畔，球赛已酣，今夜无眠。

【注释】

[1] 三边：古称幽州、并州、凉州为三边，现指陕北定边、安边、靖边。

[2] 白于山：横亘于延安、榆林两市的七个县，是陕西三大贫困山区之一，曾被称为"不适合人类生存的地方"。

卜算子

才散家长会,步盈且心慰。
郎儿学绩跃百位,逐浪又扬眉。
一试定终身,欲于不时废。
独木桥边花千树,谁解枝头味。

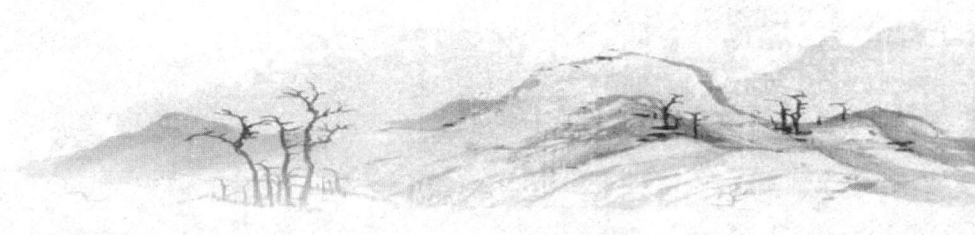

望海潮

摩天广厦,风帘翠幕,香港自古繁华。
烟波画坊,锦粼沙鸥,参差百万人家。
云绕圣玛丽,涛卷尖沙咀,天堑鸿涯。
日列珠玑,夜盈罗绮,紫荆缺。
命运多舛如磐,叹几番总督,蓝眼金发。
威威九七,阴霾除却,朗朗天地朝霞。
看米旗垂落,听国歌嘹扬,耻走胯下。
一代明君邓公,盖日月无瑕。

齐天乐

一箭冲霄九州乐,嫦娥英姿勃发。
吴刚泪咽,蟾宫冷月,迢迢天河曾隔。
眺我故里,正养晦韬光,薪胆卧尝,砥砺图强,今朝一洗百年雪。
寰球侧目啧啧,惊是日华夏,气宇难遏。
夸父追日,骄子揽月,千古逐梦未歇。
天上人间,良宵共此景,翘首时刻。
广寒宫外,又将红旗插。

玉蝴蝶

千缕冬阳耀明窗,卷帘拭目,堪胜春光。
室雅兰芳,扑面自来香。
恰门掩,神驰宋唐,趁兴浓,又入岐黄。
任徜徉,华夏央央,山高水长。
难忘,梦遗孤枕,年华成瓣,冷月风霜。
潮落潮起,空摇千橹逐潇湘。
慨今日,海阔帆悬,乘诗歌,直指苏杭。
皆相忘,举首罢笔,天正午阳。

疏 影

驳影疏漏，群蝶戏莲藕，两双白鹭。
蛐啁林前，蛙鸣雨后，舟横几艘无人渡。
婀娜粉黛映江头，恰少女，动人楚楚。
乡愁切，柔笛悠悠，谁解相思无数。
玩童攀枝折柳，惊起黄鹂乱，飞不择路。
蔷薇入院，青苔拾阶，翠滴沾衣露。
汀洲窈窕得怡然，垂翁倦，收杆解袖。
值阳光拨节，杏熟，麦黄，夏日午后。

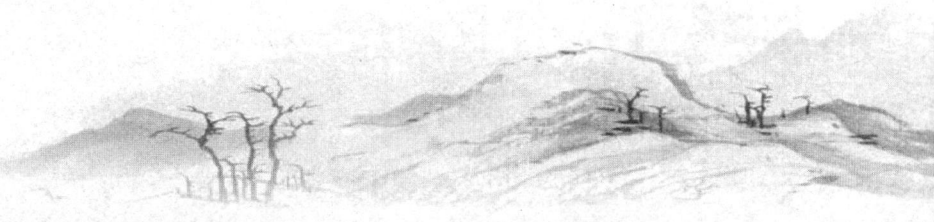

满江红

塞上仲秋,五谷稔,垛起镰落。
遍山野,糜黄荞黛,年景在握。
千夫踏月心逐浪,万家灯火照阡陌。
几声哞,犊贴犁牛归,犬附和。
炊烟起,青漠漠。
夜似染,山如削。
不问城之喧,岂管对错。
休向书中借黄金,但求菩萨明福祸。
一方土,一曲信天游,一世乐。

满庭芳

花开蒂前,箴言酒后,梦里独走天路。
繁森张宇[1],悲壮落幕。
汉藏亘古手足,布达拉,神鹰极目。
天几尺,烟稀道阻,千山空无树。
念阿里普兰,沙飞石走,牦牛孤瘦。
任格桑遍野,香与谁嗅。
藏陕比肩奋斗,数风流,强疆固土。
都休说,天地丰碑,百姓心头矗。

【注释】

[1]指孔繁森和张宇,都为援藏事业献出宝贵生命。

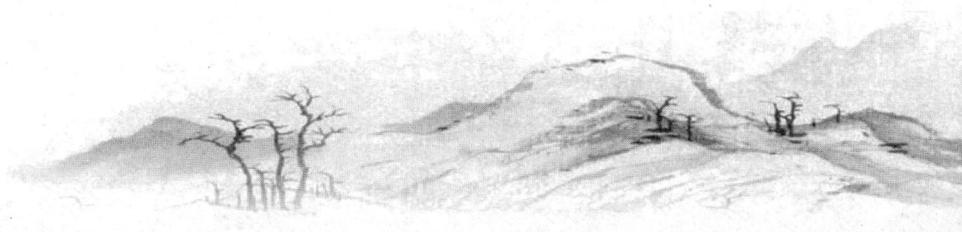

洞仙歌·讴车

双龙凌志,飞度松花江。
路虎捷豹逐公羊。
帕萨特,野马蓝马速腾,保时捷,跃进铃木解放。
威姿五十铃,大发小康,北斗星现代东方。
途观丰田莲花,金杯夏利,讴歌长安多富康。
福莱尔,看东方之子,捷达千里马,中华威旺。

鹤冲天

夜已打烊，谁解心头怅。
自古王与寇，人心向。
水湍泛疾舟，易覆芦苇荡。
人舌无骨，尚可碎脊梁。
窥斑探豹，自在田野衢巷。
往事不可谏，天已亮。
尘世命宿如棋，卒过河、能踩相。
沛公曾灞上。
且把浮名，换作浅斟低唱。

轮台子

　　一枕良宵美梦，可惜被闹铃搅醒。
　　匆匆披月踏影，兀自放逐黎明。
　　腹空恰逢早市，糊辣汤、又半方白饼，不尽红绿灯，满目黄牛闹高峰。
　　何年方达彼处，慨车轮，逊于步行。
　　念人生，半壁付征程，途险惊心。
　　叹花开花谢，岁岁不同。
　　又黯然魂消，寸肠凭谁倾？潮起落，何时是了？寒风急，莫道君早，红尘多暗冰。

江城子

雁过秋凉月瘦影,对苍穹,空叹声。
四十功名,处处唤愁生。
都言华山一条径,凌绝顶,费思心。
年芳付水自飘零,昼无音,夜无音。
高天流云,何颜面江东。
斟酒三杯欲热身,借勺星[1],又一程。

【注释】

[1]勺星,指北斗星。

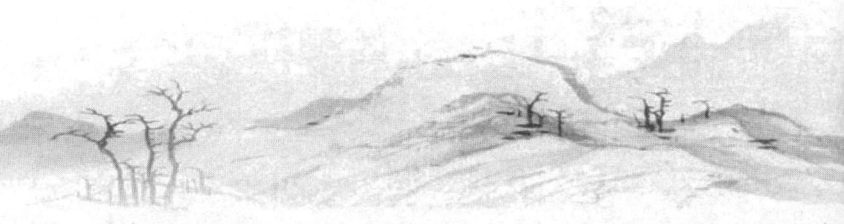

倾 怀

鸦栖霜头，雁横晚秋，远斜阳近清愁。
天地一色，离绪夜泊，叹江水东流。
宿年老酒往事钩，付一枝折柳。
诉与桥头，云和月，亦朦朦亦悠悠。
风卷浪遏飞舟，海深礁浅，安将覆水收。
世事多莫测，冬雷夏雨雪，造化天由。
弦音未断，曲终人散，寂寥总有休。
只身走。
天涯路，何是尽头。

采莲令

寒意稠,双手入袖口。

塞上柳,丫枝空头。

中年失偶,苦翠娥,倚门眉聚首。

方十八,盈盈巧目,奉旨为婚,此景怎堪回顾?

一孔旧窑,纸破洞开把风透。

两坛菜,三餐水煮。

就此也罢,但饮痛,夫祸阴间走。

命叵测,寡言多泪,孤鸦横过,北风冽几时休。

水龙吟

夜来寒意浓浓,又念故里隆冬节。
猫蜷炕角,叟燃炉早,千里冰雪。
五谷入囤,枯秸成捆,犁耙皆歇。
李五包头归,一把汗钱,全来自,装潢业。
多少小城故事,曾打包,寄与明月。
几双老手,闲来摸牌,无顾皴裂。
只盼春回早,伏蛰醒,落籽芽发。
虽祖祖代代,追风逐雨,寻怡得乐。

一丛花令

别离一日胜三秋。
门紧君何处。
风寒更引千丝乱,空回首,愁上眉头。
叶落冬深,晓天却暗,恋从心间流。
曾似双鸳画里游。
人约黄昏后。
千种风情绕桐木,叹只叹,改弦易户。
红尘不老,真爱年少,执手风雨路。

减字木兰花

燕喃蛩切。
夏荷密密蜻蜓歇。
只恐轻飞,搅动池水晕倒月。
乘兴揽舟,摇橹推波群鸭恋。
曲江池畔,闲客逐荫柳拂面。

风入松·咏鲁迅

《灯下漫笔》《两地书》,《端午节》《离婚》。

《孤独者》《在酒楼上》,《药》《复仇》,《呐喊》《示众》。《风波》《一件小事》,《祝福》《藤野先生》。

《伤逝》《彷徨》《而已集》,《幸福的家庭》。

《看镜有感》《论胡须》,《费厄泼赖应缓行》。

《杂忆》《故乡》《野草》,《长明灯》《致广平》。

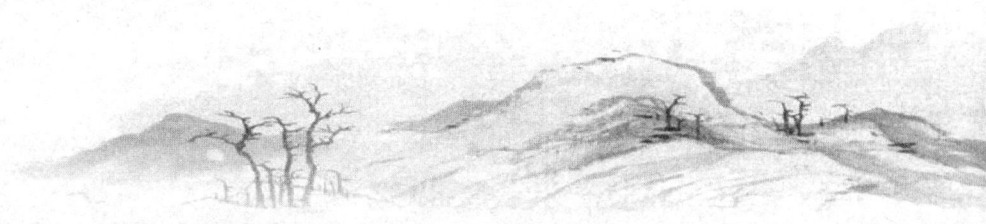

天仙子

水调歌头易弦音,夜半人醒愁未醒。
春浅冬深几时冥?
临明镜,伤年景,往事成忆付东风。
聆鸡报晓两三声,云破月来弄孤影。
卷帘拭目问苍穹,雨初定,天渐晴,通幽不过几曲径。

千秋岁

千里云卷,鄂尔多斯雪。
隆冬萧萧谁叹月。
又金融风暴,煤价骤跌。
豪车歇,风瘦楼空人烟缺。
沧海或桑田,皆由日月说。
择良木,凤自落。
是非原有道,功过本无结。
夜过也,浮云借脚阴山越。

燕山亭

流云凝泪,冷月宫回,婆娑落尽漓江雨。
亭栏雾绕,鱼鹰逐早,舟静山移无处渡。
依稀一妇,宽衣半解空拂袖。
无语。
迢迢复千里,知音难觅。
垂首追忆蒙羞,悔结友三天,心身兼附。
一梦惊醒,人地两疏,恍觉中计无数。
怎得盘缠,更衣衫,换得归路。
休诉,涉水深浅莫凭乂。

青门引

十月闻雷霆,山雨晚来初定。
云稍空挂几颗星,杯空酒尽,谁解床头病。
梦唤子规啼轻声,夜长门帘静。
那堪探墙折花,凌霜难觅落红影。

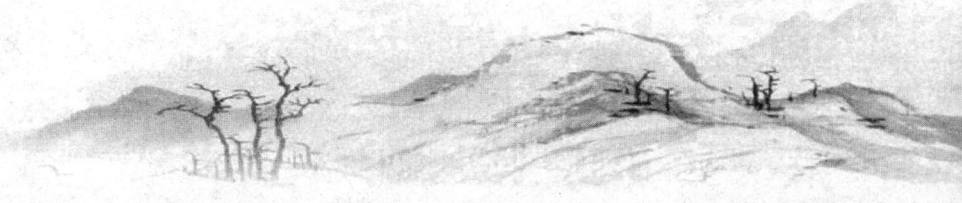

踏莎行

燕巢亭榭，二泉映月，清风脉脉拂人面。
杨花不解春头怨，萧萧尽落千丝恋。
此去经年，伊人成眷，绿水无言空留盼。
一帘幽梦酒醒时，相思长满深深院。

山亭柳

坡西老李,打铁艺随身。
百锤落,物具成。
不分铣铲犁耙,手眼两娴行如云。
一条毛巾系脖颈,不负辛勤。
废料边角本无言,墙下孤落几秋冬。
终不辜,慧眼人。
见明日拂红尘,重上炉塑二春。
何以成上品,须自身硬。

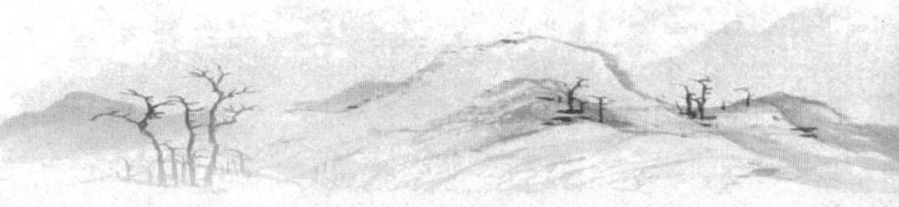

破阵子

虹贯天穹雨负,月推云开风赢。
菩提抱月知古今,佛龛映日永无声,一笑一红尘。
沐风何以清心,敢问南山月明。
不屑梦里乾坤大,常看杯中日晷新,皆相由心生。

二郎神

闲来沏茗,凭窗眺,一帘冬影。
看人肥街瘦,满目萧桐,北风急长安冷。
纵是无端愁容笼,放得下、利欲皆空。
嗟旧时光阴,流年半逝,谁主浮沉?
重省。铅华漂尽,醉眼痴凝。
料霜染斑鬓,风云几度,怎忆月有阴晴。
盛年不来,红颜何在,门闭半世年景。
叹冬深,阅遍千片叶落,终究归根。

千秋岁引

秋染三边,雁过阴山,一际大漠问天月。
乡愁且从心旌起,红日又向沙头落。
大夏亡,空留殇,赫连勃。
一曲悲歌尘烟绝,千秋独映残阳血。
可惜风流总闲却。
隐隐古道群鸦歇,岂能负我诗词约。
梦阑时,酒樽前,凭谁说。

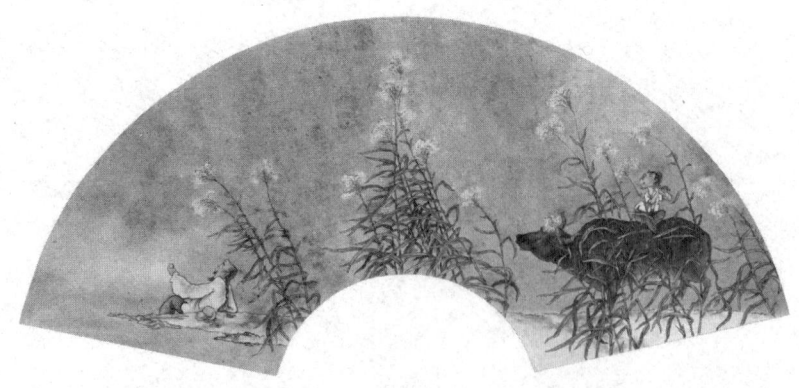

疏　影

月洒西楼，闻蛙蝉合奏，水陆鸣秋。
一景一步，风盈曲池，良宵胜意无数。
金缘阁下游人织，皆啧叹、大爱永驻。
想宝钏、相国千金，誓执平贵素手。

多少深宫旧事，唯此诲人不古，抚慰千愁。
甄嬛非比，长巾有类，善恶人论天究。
且看一叶随波去，任飘零、不恋杨柳。
过绿岛，难平心潮，月亮走我也走。

思远人

昨夜残花堪风折,梦里思伊切。
去雁惜音,归鸿无信,何年锦书得?
泪弹线落凭襟滴,拾笔再临墨。
长叹红颜薄,怎合你我,嫦娥也抱月。

念奴娇

巾帼嫦娥，乘百年希冀，途迢险历。
三十八万逐月路，书写华夏传奇。
剑出扬眉，直指星系，凭端尖技艺。
行空天马，恭听北京指挥。

广寒宫迎远客，无暇歇脚，又将战车驱。
虹湾张臂抱玉兔，迎风艳五星旗。
征程漫漫，天上人间，共多少惊喜。
东方渐晓，更看勋章谁佩。

离亭燕

夜阑思绪如麻,心旌走石飞沙。
运舛时逆总笑我,绝境无梯苦登涯。
独饮三四盅,五更辰就泪下。
空羡风帆高挂,孤鸦凄落枝桠。
多少雨过虹无影,却成人间闲话。
怅叹寒冬深,何时沐春开花。

蝶恋花

玉兔伴月闲信步。
红旗漫卷，天地惊叹无数。
九天浩荡谁逐鹿，唯我神舟任来去。
心远不坠青云志，天高几许，岂敢轻轻语？
一束银花凭地起，红尘看尽千重路。

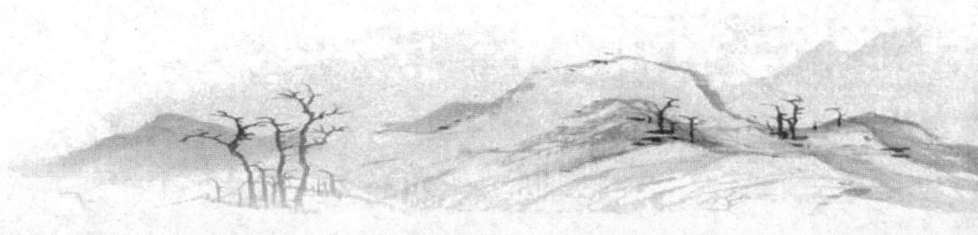

玉楼春

风斜日隐烟云扰,昏鸦无语自逍遥。
化得冬雪晓寒晴,留住青山人未老。
称心长恨天平小,海阔岂可凭鱼跃。
为君持酒劝千声,且向明月借佐料。

采莲令

逆风走,极目雨天曙。
谁摇醒、纤纤杨柳。
执手相看送翠英,东望绥德府。
巧目盼,婀娜伫立,千言难叙,怎堪临风玉树?
天涯两愁,悲欢都付烟波去。
匆行色,乱理别绪,万般风情,恨只恨,卿卿同谁语?
空回首,良宵不共,兀自徘徊,惊雀飞出村头。

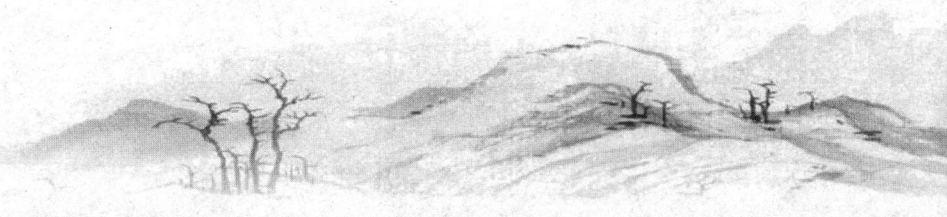

苏幕遮

入冬迟,凌春早。
宠辱不惊,沽酒醉昏晓。
独有欢颜年最少。
浮沉几度,肝胆两相照。
乘长风,行远道。
堪怨风骚,一骑红尘笑。
历尽千险情未了。
扬帆逐海,鱼比龙门高。

贺圣朝

执手断腕留君住,莫匆匆离去。
三分烈酒二分苦,更一分悲凄。
春去春回,天高几许,且对月空诉。
不知鸿雁几时归,捎信落何处。

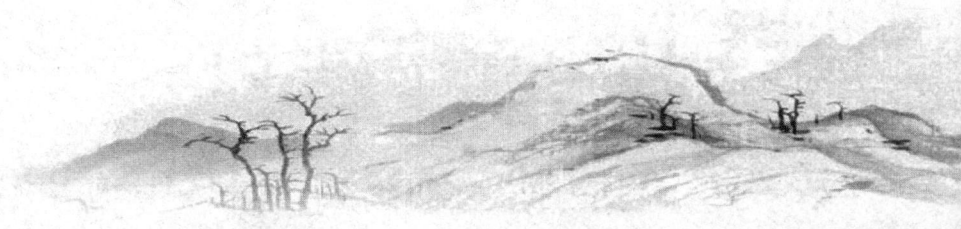

采桑子

韶华落尽情难寐,霜染鬓衰。
聚散无序。
犹闻胡马征夫泪。
相思不解心头味,斗转星移。
滴酒便醉,秋风乱眼孤鹭飞。

朝中措

青山不语徐风柔,绿水绕东流。
手植堂前杨柳,别来鹊占高头。
诗词千首,百炼春秋,悲欢几度。
空叹身单力小,缚得苍龙无术。

诉衷情

乏卷帘幕隔冬阳，意倦多恋床。
都言千愁难表，人间正道沧桑。
凭窗倚，惜流芳，叹情殇。
拟墨先敛，欲笔还藏，独忍空肠。

生查子

才伴旧历走，又闻新岁钟。
古今半枕梦，草木一枯荣。
日月何所急，韶华不待人。
刚就两三字，此景非此景。

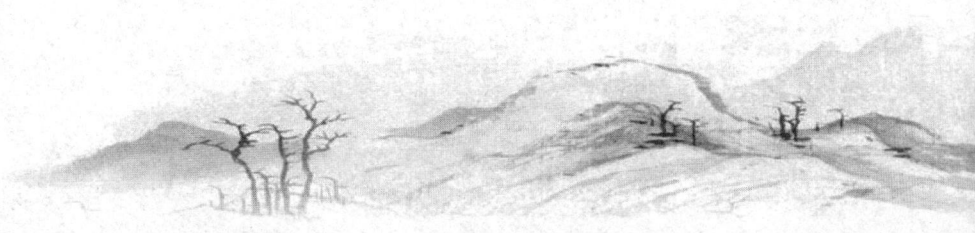

南 浦

梦里楼兰，千年孤烟雄关漫道。
凌风策马啸啸，飞雪满弓刀。
看惊雁数声，气绝长空，戚唳向天嚎。
古来西出阳关，朔风急、万里黄沙飘。
痛饮烈酒三瓢，胡茄独逍遥。
为问白骨忠魂，算愁肠百结难归巢。
料斯年应是、侠胆柔情哭蓬蒿。

关河令

月移天西影自长,寥落复彷徨。
且听虫吟,寒楚话凄凉。
更看叶染风霜,落不尽、春秋颠宕。
功过无常,岂如续词行。

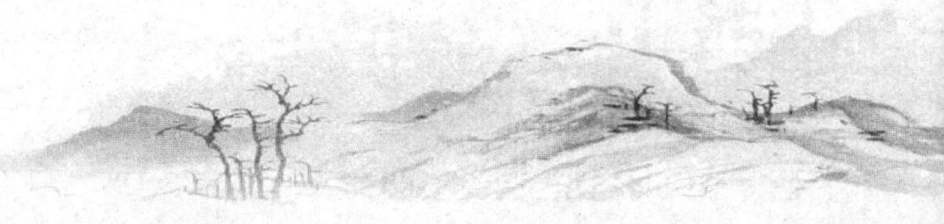

临江仙

霾锁雾笼步履匆，脱镜入兜中。
红尘朦胧鸟朦胧。
低头赶脚，但防坎与坑。
人生频处十字口，又遇多少红灯。
静观其变两三分。
前程漫漫，何须看恁清。

浣溪沙

古柏须前数年轮。
秋月风花问浮云。
多少伤离碎词中。
红尘不语苍穹笑，倏尔新面换旧人。
日斜冬去奈何春。

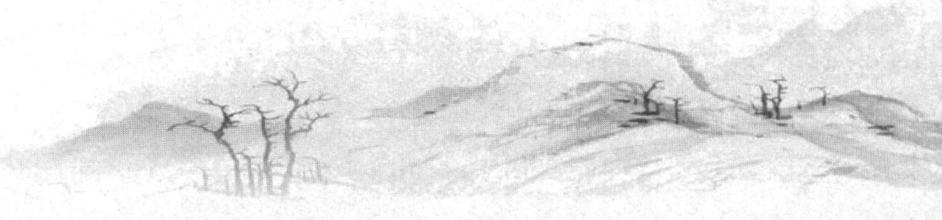

蝶恋花

谁道别离心亦走？每每念怗，一线牵两头。
凭空倾语宽慰藉，不许镜窄朱颜瘦。
纵有千结难执手，为看杨花，但盼春水流。
独立窗前满眼雾，青鸟才栖圣诞树。

两同心

茫茫塞外，鸿雁啄余晖。
胡杨衰，叶落菲菲。
驼铃远，大漠戚戚。
直霄天际。
霜打北国，千缕愁绪。
古道累西风碎，皓月当空缀。
阴山外，数声鸟啼。
戍边人，未有归期。
黄沙漫卷，狼烟无绪，独守孤泪。

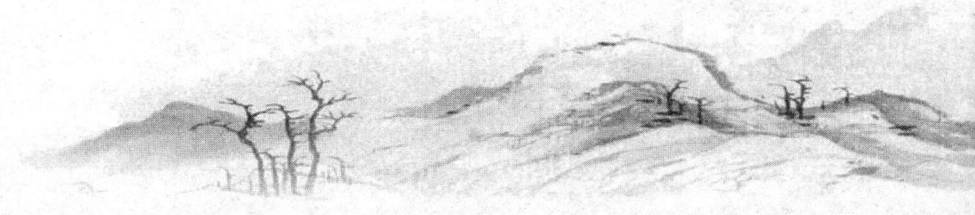

惜黄花慢

月明秋早，恰初霜时节，蒙古原高。
一代雄枭，成吉思汗，息鼓收刀，绝世逍遥。
风华尽褪陵冢老，又野草、摇落大雕。
秉利剑、直捣黑河，江山堪豪。
又入西夏拨鞘，怅梦断魂远，众敌难招。
泪洒西域，铁木何真，长歌载恨，飞越云霄。
孛儿只斤[1]随烟去，叹太祖、怎挽狂涛。
雁过也，且看红锈长矛。

【注释】

[1] 孛儿只斤，铁木真之姓。

惜黄花慢

群猴闹宫，见魏征斩龙，横出唐僧。
五行山下，心性修持，缘法自救，石破天惊。
千经何得向西天，问禅意、藏不忘本。
炼金丹，师徒四人，伏虎降龙。
邪魔侵正法，一体拜真如，元神护行。
火焰迢阻，三调芭蕉，孽障频起，佛本元空。
九九归一妖殆尽，道归根、笑傲红尘。
翘长安，雁塔五圣成真。

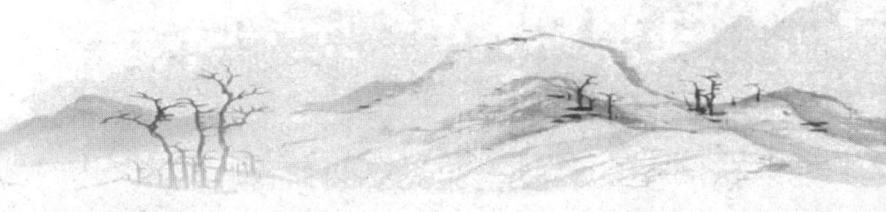

西江月

轻风淡淡拂晨,梅花静静释容。
路上行人复匆匆,如羽恍惚无定。
生来不染半尘,老去万念成空。
醉过世间酒千种,芸芸看我独醒。

凤箫吟

昼非昼，绵绵无际，阴霾欲噬古都。
百米不见人，十步难探目，朦朦路。
天地一般灰，慎越步，当心撞树。
何处问祸首，皆PM二点五。
噫吁，行车不禁，且勿论，障气烟炉。
又拆建无度，看黄尘激扬，彻夜不息，空颜自顾改，向年年，谋划无术。
莫哀怨，满目口罩，谁唤风流。

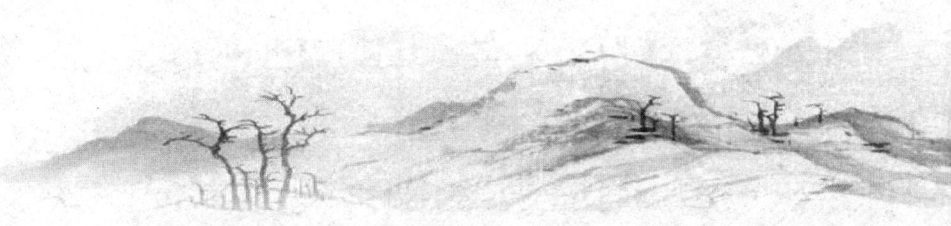

桂枝香

登临极目,恰三边金秋,果溢枝头。
排鹤乘云悠悠,沃野丰收。
数声风笛沿沟走,一曲梁绕信天游。
镰光闪闪,谷铺成行,不负黄牛。
夕阳里,玩童掰手。
叹旧时年馑,衣食两忧。
颈长体瘦,纵让缚鸡无术。
莫教落花怨前愁,喜看社稷正风流。
且持美酒,斟满小康,一醉方休。

浪淘沙令

善恶两边分,道义居中,一饵一线一钓翁。
愿者上钩最太公,自在心诚!
二虎狭路逢,一山难容,王寇权看几真功。
万物守道莫逆意,何必争锋?

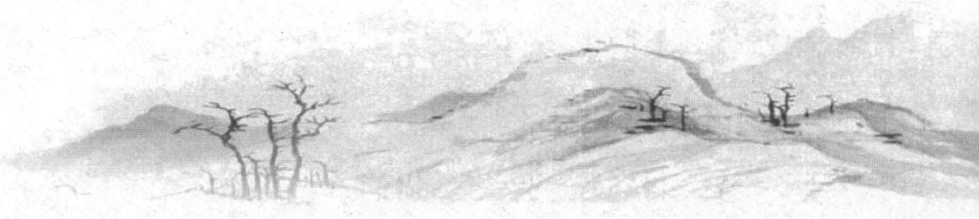

阮郎归

一枕黄粱泪凝霜，须眉逊孟姜。
巍巍长城若金汤，胡马难越墙。
狼烟起，征夫殇，空盼几重阳。
誓将痴情换悲凉，疆倾寸断肠。

御街行

人间真爱贯古今，一吟成双泪。
司马相如卓文君，知音高山流水。
项羽虞姬，三毛荷西，绝唱落花兮。
张学良与赵一荻，红尘案齐眉。
最是鲁迅许广平，共克难度险危。
清照明诚，巴金萧珊，此情消无计。

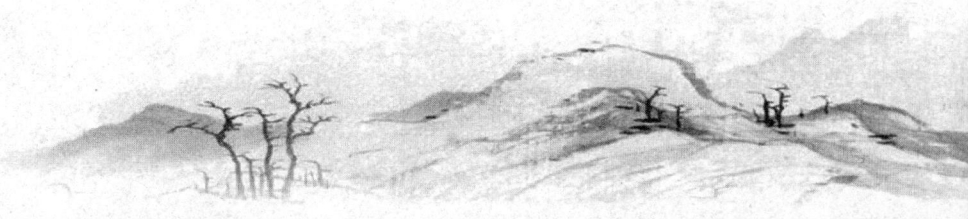

临江仙

九三圣地初见,今日塬上偶逢。
辗转大连求功名,学就归古城。
汗牛充其栋。
华年渐随春远,学富却比年丰。
黎民庶子识苦深。
相邀一席餐,唤上酒一瓶。

蝶恋花

又醉西楼人不寐。
春秋几许,聚难散却易。
斜月半窗空叹息,画屏虚掩终南翠。
经年不负词片里,点点滴滴,总怕伊人悔。
寒衾独裹心无计,拨灯岂知错与对。

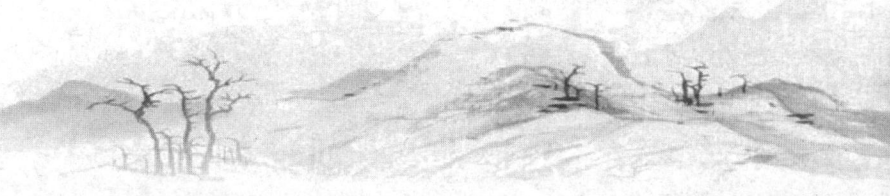

鹧鸪天

一行词曲一行泪,二水分洲二人醉。
三山半落三春晦,四海远帆四方去。
五谷轻,六甲贵,七彩难描七夕味。
八斗学成八骏归,九龙狂舞九天戏。

阮郎归

风啸夜冷守灯伤,往事心头藏。
凭帘但见屐成双,锦书何处往。
相思短,相煎长,谁与话西厢。
欲把梁祝换悲凉,一曲入愁肠。

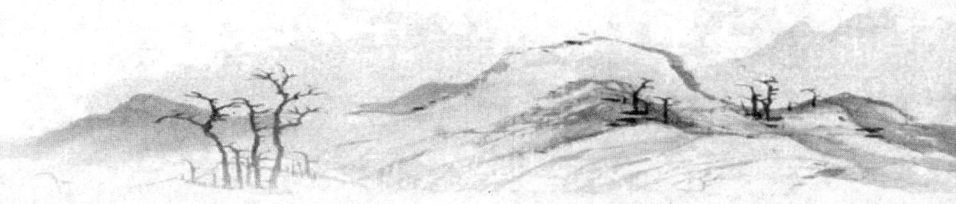

阮郎归

冬至空来人不至,疾墨书胸事。
盼得清风烟霾噬,咫尺能辨字。
旧历黄,新岁紫,千愁如尘拭。
纵将男儿青云志,托付南归日。

阮郎归

对镜方觉颜已憔,红尘多不了。
鲲鹏拭翅恨天小,风急浪自高。
冬至近,夏至遥,掐指阳春早。
欲将沉愁换蟠桃,聊发曾年少。

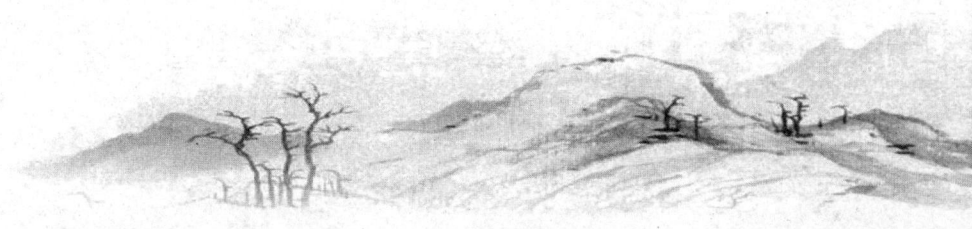

阮郎归

对鸰倏然楼宇过,向晚烟漠漠。
冬深缘浅任风朔,岂谙对与错。
逐星起,戴月落,五味凭谁说。
且把千愁心头搁,欲言却语噎。

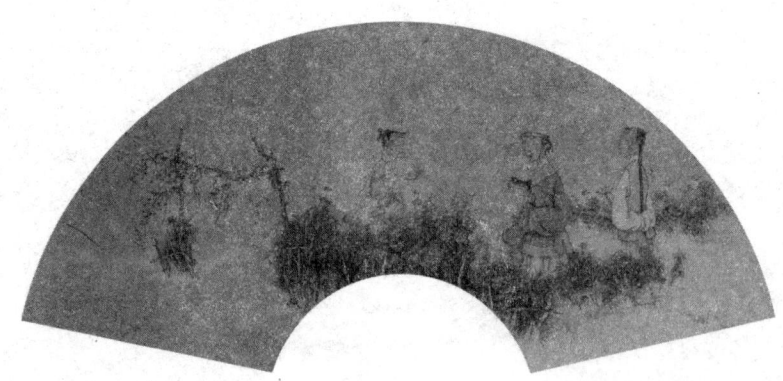

六么令

宴启君缺,乱眼绕香阁。
十年茫茫两地隔,今宵又负约。
一寸伤心未说,孤雀灰空掠。
强赋欢颜,推杯互答,肴凉味寡忍箸歇。
昨夜兴浓文拙,纵成韵难押。
曾说冬来踏雪,摇影梅花落。
最是笙歌散却,千言凭谁说,独秉红蜡,任愁拨节,天地萧萧雾伴月。

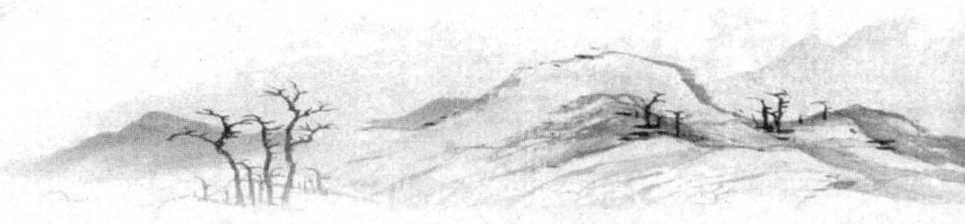

何满子

怅叹身世浮萍,凭窗南山雾笼。
楚客多情偏寒景,寥落不请便临。
目送闲鸟匆匆,对镜难理衰鬓。
一叶空旋自零,三冬无雪常阴。
独守黄粱盼伊人,此情幽恨谁禁。
几许旧欢如梦,何处觅得青春。

卖花声

故人出阳关,征途漫漫。
昆仑戍边守尊严。
不是散发西去客,休唱楼兰。
今夜泪风干,莫说流连。
月黑天高几时还?
回首妻儿把酒处,定是长安。

杏花天

报得三春燕绕屋,天涯路,飞重几度。
乱花练笔涂彩釉,蝶舞。
耕牛勤,犁未住。
山歌醉,一曲白头。
少年不识人间苦。
折木弄柳戏犬吼,日暮,杏花香、来何处?

渔家傲

烟尘漫漫愁如絮,万家灯火渐迷离。
昼夜难分天连地,伤心肺,但凡医院人排队。
百年光阴能劫几?纵算金龟也无计。
故土难离莫怨悔,岂如醉,偷乐一宵明再泪。

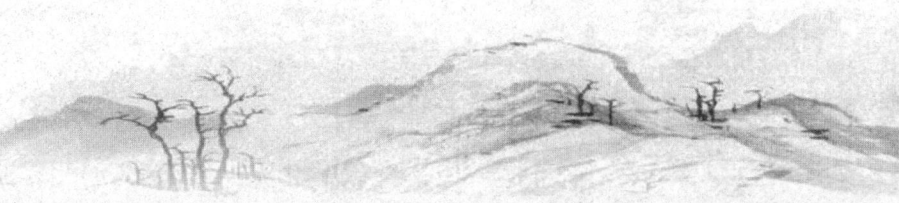

沁园春

秋染三边,气朗天高,极目妖娆。
看油井苍黄,气田涌发,良煤千层,风景独好。
水恶狼吼,山无锦绣,曾付青史一笔销。
且吟罢,叹桑田沧海,几世逍遥。
又念还林退耕,雉飞鸟鸣逐兔绕。
纵笔走千言,胸抒万卷,河山巨变,难书舜尧。
宁辱岁老,莫欺年少,红尘不语论迟早。
恰小荷,合地利天时,初露尖角。

西江月

北国滴水成雕，南沙椰青翠绕。
乘风只是半昼遥，我欲以衫换袄。
望尽松花江上，又逐梦里琼瑶。
明月皓首当头照。
神仙不过此了。

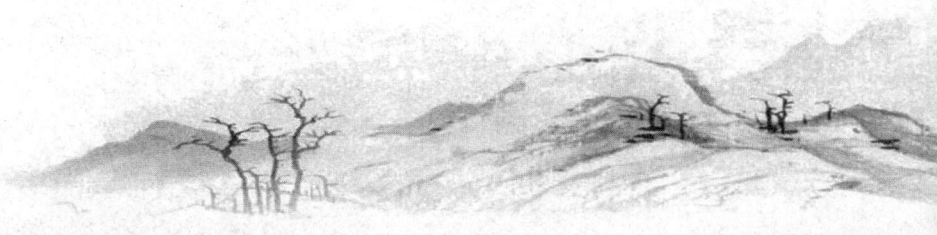

定风波

三山雾扰一城殇,半杆蓑蒿问夕阳。
生来鲜能越百年,谁怕?求得蟠桃叩恩皇。
心头七八任徜徉,悫凉,冷月斜挂泪凝霜。
曾羡嫦娥约吴刚,休去,也无阴霾也无氧。

卜算子

无眠恨夜长，困来怕天亮。
浑浑噩噩又一晌，发誓不再想。
忽焉至夜半，人醒非衾凉。
伊人独居我心房，一宿一宿伤。

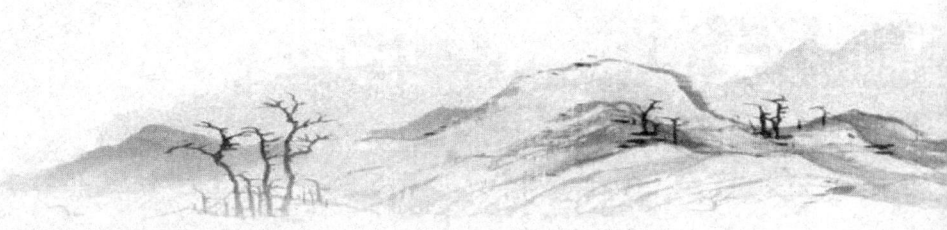

洞仙歌

皓齿眸灵,樱桃一点红。
一水三波绕娉婷。
巧目倩,醉倒赶脚人,人未定,心空乱,似船晕。
钗横发及腰,步比闲猫,皆叹仙女下凡尘。
试问声何如?音脆如铃,摇一把,谁能守魂。
但掐指、玉女哪方来?无需猜,必是瘦西湖。

洞仙歌

学赋宋词,多触景生情。
聊以慰藉权自吟。
求押韵,时时言不逮意,意难达,长恨七窍不灵。
三更独思忖,年华似水,四载枉负念中文。
试问罢如何?欲罢不能,一腔血、业已沸腾。
但屈指,知音有几人?殊不知,唯是爱芳亚新[1]。

【注释】

[1] 指梁爱芳和王亚新,我的同事。

江城子

梦绕魂牵北大荒,龙江殇,自难忘。
十万官兵,换镢以刀枪。
知青骄子踏冰疆,战凄凉,斗风霜。
沼泽浩瀚虻蝎狂。
不毛地,起粮仓。
酣征玉龙,唯有披甲忙。
正是盛年砺志处,游人织,味再尝。

行香子

一叶舟轻,二水中分。
三山外,四海天平。
五指山下,六点烟汀。
七夕叹北,八达岭,九凤鸣。
九天晓昏,八面乱风。
七彩落,六亲孤零。
五色闰土,四散雾尘,三叠阳关,二更醒,一场梦。

玉蝴蝶

莫恋山珍馐馔，淡饭粗茶，堪养颐年。
腹有万卷，终随一缕青烟。
哭来时，净身条条，笑去也，不名半钱。
顺道法，诘难何求？不问流言。
常记、月区盈亏，人有悲欢，味分甘咸。
海阔山遥，谁领风骚独翩跹。
唯善真，勿惧鬼神，逆苍天，纵生苟且。
看红尘，距天愈近，离地越远。

一丛花令

不见伊人恨宵沉,闲月挂秋稍。
对镜又搔千丝乱,更风扰、叶落杳杳。
芳菲渐遥,冗思空剪,何人弄笙箫。
千里波急水迢迢,雁过岚山坳。
杯空烟绕未觉晓,又还是、羹冷半勺。
当初约好,不待梅开,逢君朱雀桥。

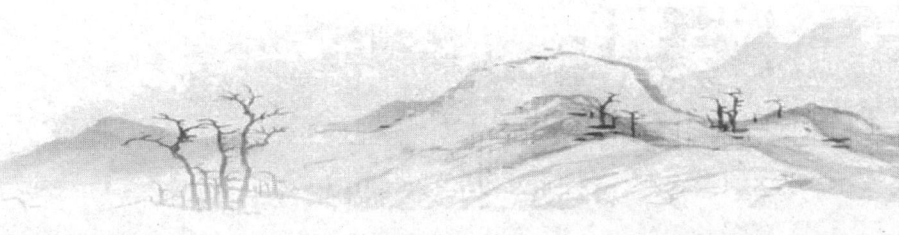

鹧鸪天

青鸟暗探衔碧玉,盼伊不见风约泪。
自古别离伤心肺,千古楼兰成追忆。
思笼决,放梦归,望陇得蜀两空悲。
良宵苦短何以寐,提笔续写《兰亭序》。

唐多令

寒梅绽枝头,傲春夏秋。
踏雪又见丈八沟。
灰鹊觅食聚湖头,冰几重,听鱼游。
风筝空挂柳,少年曾到否?社稷国是议东楼。
心系百姓休说苦,水载船,亦覆舟。

华清引

千里放蜂逐花香,酿得琼浆。
两行憧憬梦绕箱,一顶帐篷支路旁。
闲阳几缕争照床,炊烟袅树苍苍。
远忧近逍遥,神仙慕此相。

浣溪沙

孩童放牛约山中,三三五五捣蚁群,鸟窝再高把手伸。
满身尘土近黄昏,娘唤儿归沟回声,跃背扬鞭逐家门。

浣溪沙

犹记严寒上学堂,地冻三尺气凝霜,衾单又遇北风猖。
且看今日小儿郎,棉裹绒罩全武装,苦难如风过耳旁。

调啸词

悲夫，悲夫，安倍拜鬼羡古。
倘有魂鬼自羞，刨白骨唤野狗。
野狗，野狗，野狗，一声晋三颔首。

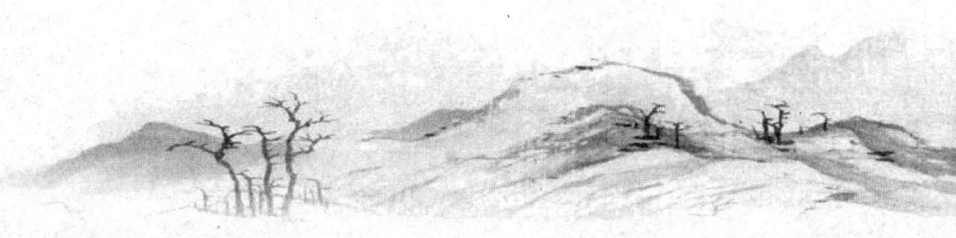

倦寻芳慢

露从北起,燕凭南来,人往高处。
概能莫外,踪稠便成路。
桃瓣红,梨花白,贵子出自寒门屋。
忆长安,曾马蹄急急,过君王府。
叹流水,东去无声,好景良辰,过眼春秋。
犹恨韩愈,才学八斗却放逐。
孤独总在人散后,亲同难啻手与足。
皆梦也,算韶华,不惑时候。

水调歌头

昨夜烂醉如泥！发誓从此不沾滴，狂呕又是几回，醒来浑不记。
乡愁萦萦数缕，纠缠一抹追忆，也曾笑与泪。
襟袖五兄妹，转瞬各东西。
持家业，孝高堂，敬土地。
幺弟何处？千里为政亦庶黎。
常为长姊落泪，孤雁逐浮萍，犹怨命凄悲。
欲借登高梯，天阔风遂意。

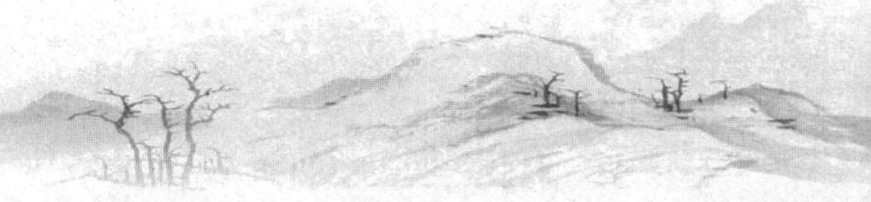

少年心

提笔不知云云。
一腔苦,难填方寸。
年少奉指相亲,天命可违?何为情,四目懵懂。
君习书、伊缝纫。
年十六,不过孩童。
闻声便脸红,别说娇嗔。
三秋越,一朝两西东。

好事近

喜鹊临枝喧,一览天际绵绵。
桃花潭水千尺,今宵半泓浅。
红梅傲雪独芳妍,最是三九天。
谁与逐日破浪,风正一帆悬。

望江东

月上西楼杯未住。
望不见、曲江路。
归心指待席散后。
怕就怕,入错户。
醉酒千回诗无数。
纵算是、掷纸篓。
字软句瘦凭无助。
泪伴也、伤情处。

青门饮

夕阳晚照,闲翁半老,橘河岸上,一竿垂钓。
斜燕连空,飞蜓无数,戏水玩童开跑。
鱼儿本无脚,一刹那,逃之夭夭。
古来诱饵,贪者上钩,清者逍遥。
万物皆有道,花谢花开,红尘不了。
醉里情涨,梦中爱长,最是醒时烦恼。
料有动念处,细思量、逆耳曾告。
再探渔人筐底,仅获幼鱼三条。

八六子

千树亭。

柳色依依，单车双骑逐青春。

摇橹又向情深处，料是痴男怨女，一帘幽梦。

南湖非比洞庭，却也别样风情，且听翠鸟声声。

怎能敌、白日游客摩肩，向晚月明，闲旅接踵，四方辐奏健体强身，不尽经典撩人。

快屏凝。

恰一首邓丽君。

鹊桥仙

家国隆治，天地泰交，誓弹犬马之劳。
水獭祭鱼知报本，山乌哺母不忘嗷。
清风淡淡，晓日炯炯，东去万水滔滔！
韩信凭武征四海，左思靠文赋三朝。

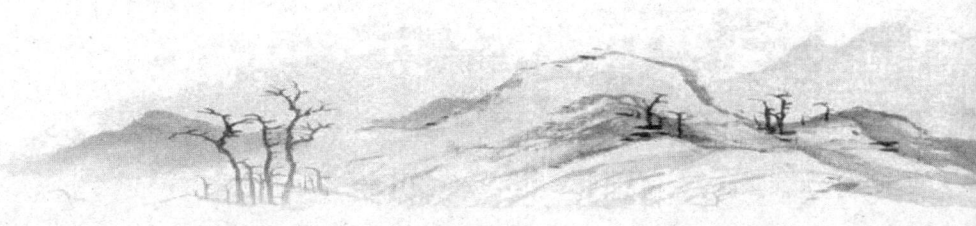

浣溪沙

洌洌深寒锁西楼，孤叶一片挂枝头，庭院穿靴两小狗。
临窗叹气即凝霜，空帘闲挂难遮愁，道是良辰填词赋。

满庭芳

云开晚晴,习风柔轻,横笛绕长亭。
柳色婀娜,少女妒妍容。
群鸭啄锦鳞,凭栏处,鱼戏游人。
曲池尽,月上梢头,情侣约黄昏。
且看,晓天外,一抹云红,湖霞掩映。
叹人间天上,难收此景。
荷塘十亩竞开,绰约里,几只夜莺。
忍回首,阅江楼近,捷步独登临。

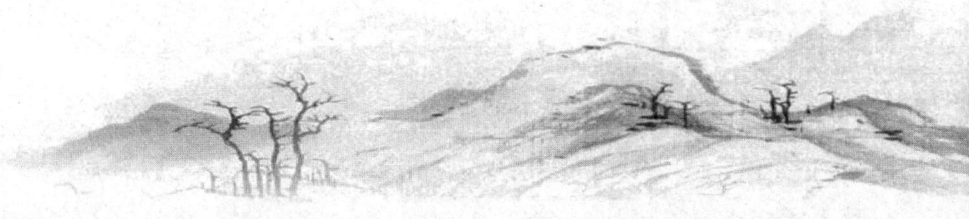

天仙子

闲来沽酒邀歌声,一场游戏半场梦。
此景平生得几回?持笔轻,落墨重,往事徘徊伤留影。
扁舟一叶乘西风,大江东去逐浪行。
沙鸥叽叽过洲汀,画未成,诗初静,月斜乌啼霜满径。

夜合花

觐罢白云,问道楼观,法理昭昭皆然。
朝香三炷,青烟袅后寻禅。
念红尘,欲纷繁,胜与负,比争双单。
醉里乾坤,梦中人生,两场空欢。
遥想黄帝炼丹,老子柱下诵经,当为哪般。
齐云武当,一山接一山。
度凡人,仙道贵生,柔不争,若水上善。
生生百年,天人一念,何须图南。

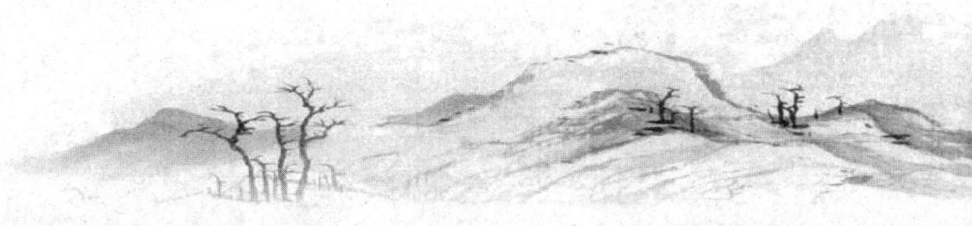

渡江云

一宿连双岁,骚人难寐,年首复年尾。
五更分二年,孤旅漂徙,往事岂可追。
四十功名,算今宵,过眼云飞。
犹记得、年少不羁,山间柳笛吹。
如今,高堂体羸,骄儿左逆,更几番苦累?
皆过也、且听马疾,扬鞭万里。
都付病词三百首,难流芳、但抒胸意。
笑我痴,心猿不知妻归。

凤凰台上忆吹箫

冬深夜冷,年岁匆匆,巷口鞭炮争鸣。
任晚会正酣,良宵与共。
多少戍边将士,望故乡,思如泉涌。
脚手架,灯火通明,谁说休工。
苦苦!落英似水,今霄出潼关,伴月孤行。
叹河山依旧,千秋昆仑。
惟有旧念临风,乘热泪、穿越红尘。
子辰过,从此新添,一缕春景。

木兰花

一轮新日跃东鳌,九州玉宇复始早。
金蛇乘霾逍遥去,良驹踏雪带风啸。
多少庸冗昨夜抛,去夕衰叶今晨扫。
天若有情天不老,笑我华夏逐浪高。

御街行

旭染香车彩球舞，情满长安路。
午阳昭昭贯南北，今日终成眷属。
八里村头，梧桐翘楚，鹊跃戏高树。
美洲虽美不复去，双燕归檐宇。
重金难夺匹夫志，宁把国门入。
礼花凌空，爆竹声声，鸾凤和鸣处。

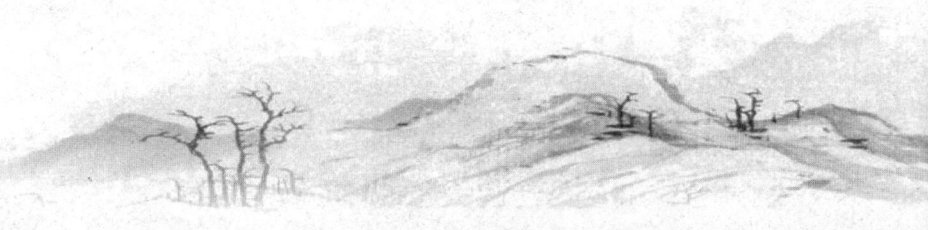

生查子

冬浅凌春迟,近水得月早。
应是小侄女,围炉剥红苕。
曾年五阿哥,过眼苍颜老。
梦里乾坤大,杯中红尘小。

生查子

少时不惜力,常恨劲空闲。
才把雄鸡追,又将恶狗撵。
风从脚下起,月由头上圆。
倏然四十春,梦里荡秋千。

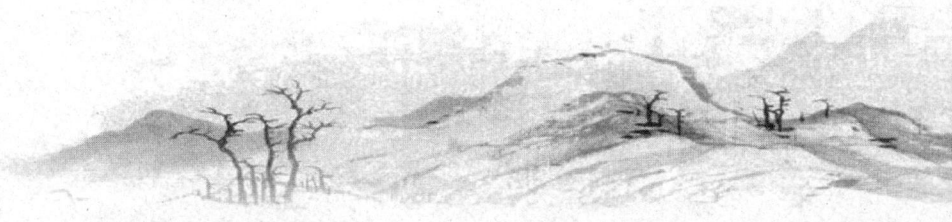

生查子

常记沙尘暴,正午似黄昏。
十米难辨树,五步不见人。
犁牛忽眩晕,群羊各西东。
复到始平静,埃土半尺深。

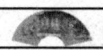

芳心苦

灞烟虚荫，残柳横秋，青鸟闲过含元路。
一场苦雨，打湿天涯伤情处。
曾说去昔，约定春风，骚人借笔修轻语：
当年不该问夏荷，无端却被蜻蜓误。

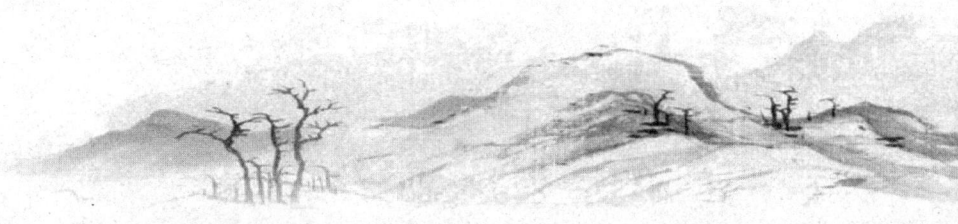

采桑子

历尽长安曲江好,一泉池水,搅动春光,地利天时如画里。
笙歌互答游人醉,随手伸去,捧一抹绿,双燕筑巢衔枝归。

诉衷情

晨醒帘卷眺东方,天时又晴阳。
都缘景明气朗,词里难话痕伤。
思往事,纵风凉,不言怆。
拟敛先歌,欲颦还笑,最是惆怅。

浪淘沙

把酒待友人，四海一品。
十年别离两疏生，犹记落脚岳阳东，红尘滚滚。
话得人间苦，几欲泪倾。
且歌一曲黄土谣，百转千肠入苍穹，此感谁同？

采桑子

数月未近曲江池,广厦林立,昼夜蚕食,十里南湖几分小。
鹏鸟曲翅恨天低,清风难来,水波不兴,骚客终哭一湾蒿。

透碧霄

湘西行，揽尽人间绝此境。
黄龙岩洞，凤凰古城，屏山遮断，鬼斧神工。
十里画廊，半步一景，笑傲红尘。
妒苍天，情何独钟。
叹定海神针，仙女散花，天梯登云。
缆索系白云，极目穷处，天门倚客松。
金鞭溪，千年淙。
掬一口，沁脾心。
宝峰飞瀑，气贯长虹，涛声依旧，瞰来客、岁岁殊同。
料颜容老矣，抱枕遗梦，土家风情。

木兰花

冬渴未知春远近,半场雪雨也解困。
一朝雾罢一朝晴,相思不见一抹云。
忽闻今夜降甘霖,万树千苗展愁容。
但得梦里皑皑应,道是有情却无晴。

子夜歌

云遮月，小寒夜半盼初雪。
盼初雪，秦川荡涤，满城歌阕。
润物无声烟霾绝，万倾麦苗不言渴。
不言渴，更待来春，抽芽拔节。

子夜歌

苍穹月,今宵钵满旧时缺。
旧时缺,天上放钩,东瀛钓鳖。
中华骄子争歃血,倭寇樯橹灰飞灭。
灰飞灭,还我国魂,断其锐节。

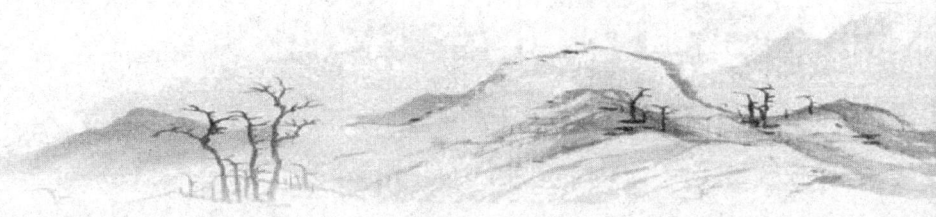

石州慢

薄雾罩川,月半冬寒,灰鸟惊掠。
翘首已近年关,一场瑞雪爽约?
千里风干,黑河欲咽无泪,万眼笼头哭水缺。
伤感入院忙,恰又新春节。
悲夫,八荒色衰,百草泽竭,尘飞陌阡。
回首经年,翠华山里滑雪。
望穿苍空,凭添几许新惆?今夜梦枕漠河月。
天地一抹愁,昏晓两厌厌。

罗敷歌

半汪水仙奈冬深，室暖如春。
临墨书鸿。
千般相思寄长风。
难忘秋香踏月行，漫话人生。
雁过无声，不见君影楼更空。

暗 香

宋时词盛，料几番唤我，游走拙笔。
漂净铅华，不管市侩与走卒。
何逊帝王卿相，野叟村夫争入曲。
莫怪得方外隐逸，皆可列瑶席。
壮哉，长短句。
曾寄与明月，折柳成笛。
红萼无语，落尽红尘空留忆。
近池墨抒胸味，才情两疏难唯美。
权当是、伴侬行，一路风雨。

南柯子

极目楚天遥,梦里岳麓远。
一线相思两地牵。
又是凄凉时刻,谁与恋。
楚歌醉晚霞,湘江映残月。
千里烟云逐京华,黄花午,咸阳夜。

鹤冲天

跃跃鲲鹏,一冲图南路。
凭舷难穷目,湘江瘦。
背井又携几缕愁,两处相思谁先后。
梦里空酥手,岳麓霜冷未久留。
倚栏徒羡鸳成偶。
常叹匆匆客,聚难久。
春去花犹在,只堪折,别君首。
婀娜一枝柳。
今夜无眠,害我视宿如昼。

罗敷歌

唯楚有才数屈原，愁赋离骚。
奸佞当道。阴云弊日乱昏晓。
汨罗水咽声声怨，一叶西凋。
三闾大夫，千年端午祭节操。

下水船

千里潇湘路。
别却长安南去。
北风乱眼离绪。
送君凌云，鹓鹏留连薄暮，橘子洲头苦雨。
凭阑语。
独倚梧桐树，顾影几番凝目。
灯火虹桥，空伴茕茕孑步。
沐寒冬。
莫怨去时无声，且盼归音何处。

减字木兰花

初识芷兰却见花,早有双鹂闹枝丫,清香不语透天涯。
带门只恐蝶入户,掀帘飘进半抹霞,满园春色竞奇葩。

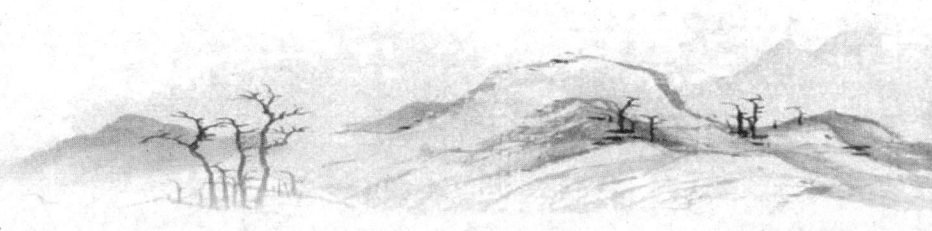

柳梢青

千倾菜花。
汉水环抱,浩浩无涯。
雨洗山黛,群芳戏蝶,春染碧茶。
游人织织如麻。
褒河边,万点黄葩。
斜燕入堂,嫩柳探墙,深院谁家?

眼儿媚

半世华年枕上浮，梦里又几秋。
学涯舟苦，途险路陡，沐寒高处。
光阴无语化春水，一江向东流。
谲谲烟波，诡诡风云，谁可重头。

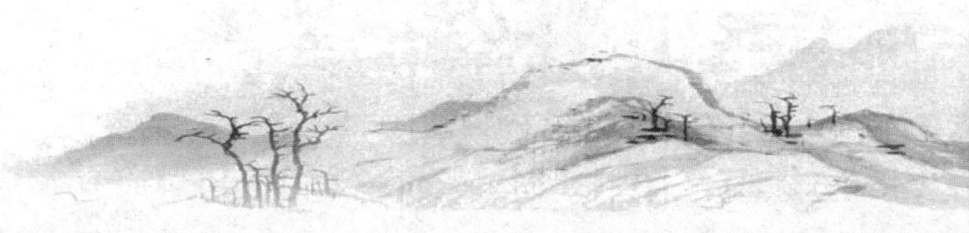

迷神引

浩浩巫峡迟日暮,蜀道深处猿声住。
峨嵋霜冷,轻舟拨雾。
唐诗近,李白远,今安处?
几点渔灯小,照空坞。
一爿客栈低,傍亭树。
恃才傲物,流年几多误。
乌鸟夜啼,栖寒木。
素月千年,朝阕换,风尘路。
倾城一笔,场场怨,为谁苦?
峡高烟波去,浪吞屿。
乱臆不成寐,三更鼓。

秋蕊香

枫叶驳驳影疏，月华正织锦绣。
伊人约定黄昏后，青鸟闻香探路。
此情应是天上有，鹊桥处。
闲蝉不敢叫枝头，恐惊林中双鹿。

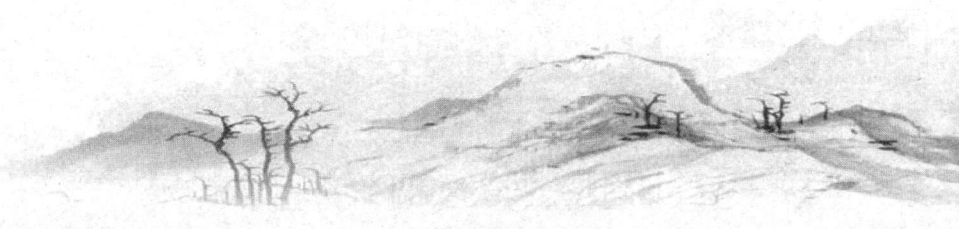

红林擒近

无雪难成词，梅开墨更香。
古来悲凉句，修成靠风霜。
哀怨凄苦忧伤，又添背井离乡。
休言两相忘，且看泪湿妆。
犹记风云惨，原野共茫茫。
望穿东风，今宵谁续东窗。
梦里乱无章，烟尘未扫，夜长空叹酒斛觞。

少年游

坡上追风不识苦,逮蝶抓蜘蛛。
倦鸟归巢,夕阳收工,扬鞭呦慢牛。
约定明日复此处,架火烤红薯。
莫管小犊,潜入田间,又把谷穗偷。

风流子

莲动小池塘。

月华碎，鲤鱼戏须痒。

徐风拂脉绿，款款婀娜，蝙蝠成双。

曲江秋色深几许？曾听得数曲簧。

今夜旖旎，佳人悠悠，锦瑟漾漾，胜似春光。

千年宝钏安在，问游旅，恰莺子比西厢。

良宵苦短，人间真爱几重霜，叹迢迢星汉，关河阻断，鸿书何寄，一枕黄粱。

天违心愿，忘却烦忧何妨。

木兰花慢

老来年味减,叹韶华,巡视员。
又屈指添岁,一场冬雪,枉负人间。
红尘朦胧休管,共日月,看大千斑斓。
薄雾迷恋南山,浓夜裹满灯前。

解衫,品味易中天,词里追思贤。
长安十几秋,客舍难留,梦回三边。
倘使故人问我,道乡愁未改只依然。
目断花开叶谢,恍若昨年今天。

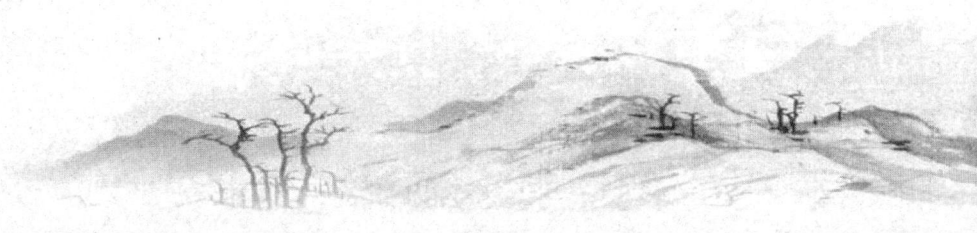

醉花阴

策马又到年关处,熙熙长安路。
灯笼结满树,十里长衢,不夜宵如昼。
新桃映红千万户,烟花铺挨铺。
几伙小玩童,不待除夕,争先试爆竹。

蝶恋花

星疏风乱人不定,三更将阑,历尽一秋冬。
惹得双眸也动情,泪花落枕孤衾冷。
知人知面难知心,雾扰红尘,弦外几多音。
莫忘少时执耙柄,阅遍祖辈一芥民。

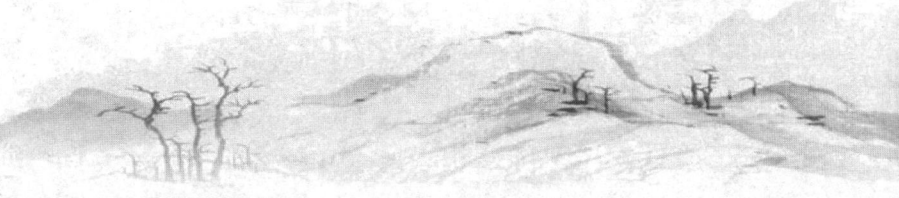

解连环

怅意无托。

嗟情殇天涯,鸿雁无音,纵巧手、方解连环,烟消尘散,只是术魔。

风铃闲挂,酒樽前,半床萧索。

盼接木移花,竹节铮铮,不喜藤萝。

倦鸟归林不羡我。

今夜西沙月,独照红萼。

皆忘却,梦里秋阑,东风起兮处,苦待白雪。

休问春回,怕燕子、裁碎冰河。

空对镜,理却还乱,为谁泪落。

南柯子·洛水咽

2013年10月10日,余悲悉老领导希文之父在老家洛南辞世,翌日凭吊,遂吟之。

巍巍商山驻,
低低洛水咽。
八秩音容随风走。
日月妒人、搅动一村愁。

毕世岭下住,
诲教儿孙严。
勤勉操家孺子牛。
卧塌数载、贤孝两相守。

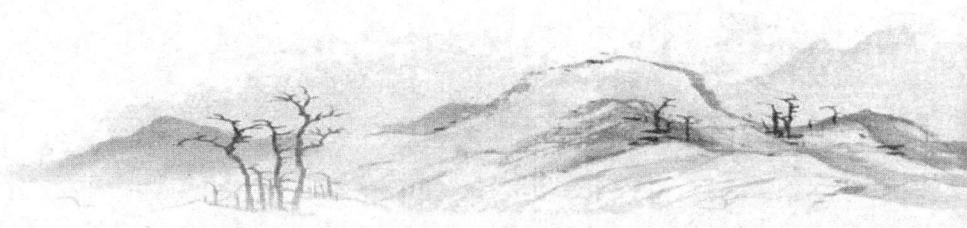

苏幕遮·有悲于同事为父上坟

又冬至，送寒衣，孤冢凄风，吹散伤心泪。
一丈黄土两处愁，袖拂碑尘，天伦成追忆。
地不应，天无语，声声穿心，惊起寒鸦飞。
天高不过养和育，多少哀思，化作青烟去。

雨霖铃·悼海波之父

癸巳冬月，吾仁兄海波之父在老家病故，含泪凭吊，遂吟成之。

昏鸦凄婉，愁笼秦关，千里冬寒。
风摧杨柳无绪，伤心处，又把帐挽。
悲惊鹤唳难去，怅虽有灵幡。
念毕世持家勤勉，扶犁育子天地宽。
自古别离肝肠断，更哪堪、唢呐鸣魂散。
今夜泪洒何处，孤柩前，漠西村畔。
此去经年，万般相思，理却还乱。
便纵有一腔话语，更与谁父谈？

凤萧吟·李府凭吊

2013年11月8日,吾同学同事李某之父去世,前去吊唁,念世事无常,有感而为之。

孤车西指乾州城,天低鸦昏雾笼,直奔百里地,僚侪令尊,六秩寿终。
怅离合悲欢,半丈黄土,阴阳两重。
仅三躬,何以告慰,泪又湿襟。
悲夫,死生由命,欲皆空,功利浮萍。
忽朔风骤起,纸幡飞如絮,乱眼长空。
人生本无常,太匆匆,草木一生。
过礼泉,逢友劝谏,不负年轮。

唐多令·忆张国荣

惜《芳华绝代》,《一切随风》。
《沉默是金》《缘份》尽。
《异度空间》悼国荣,叹《风月》,《当年情》。
捉只《红蝴蝶》,因《为你钟情》,《有心人》《夜半歌声》。
《第一次》《无心睡眠》,《这么远那么近》。

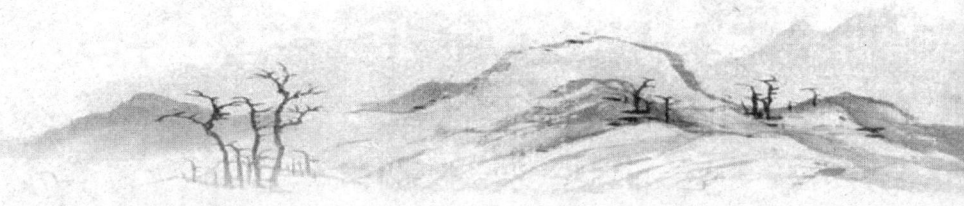

唐多令·忆邓丽君

《明月几时有》,《水调歌头》。
《又见炊烟》《几多愁》。
《江水悠悠泪水流》,《奈何》《一封情书》。
《你在我心头》,《人约黄昏后》,《望一望》《独上西楼》。
《长相依》《甜蜜蜜》,《情迷》《我心深处》。

生查子·悼慕锡凡恩师

忽闻恶噩传,悲歌送锡凡。
白鹿长天啸,西京暮气寒。
善教四十秋,桃李满秦川。
天唤英才早,学高德馨兰。

生查子·忆尊师慕锡凡

慕君二十秋,圣地[1]壮志酬。
声名播母校,选贤竞风流。
鸣凤栖良木,驼城[2]弄潮头。
挥师下长安,西京[3]共戚休。

【注释】

[1] 圣地,延安尊称。
[2] 驼城,榆林别称。
[3] 西京,指西京大学,慕老师生前系西京大学党委书记。

夜飞鹊·深切缅怀丕善同志

断肠送别处，雨打墓碑。
孤鹭向天嚎唳，人间四月不芳菲，千瞳尽是泪沾衣。
六秩音容逝，八方凭吊悲，哀乐低回。
忆昔曾年，寒门下，衣衫褴褛。
四载政法修成，警界展峥嵘，有口皆碑。
延安才露尖角，又迁省府，金盾陕西。
佐主议政，居要位，百姓心系。
叹斯人已去，无限追念，极目天西。

诗篇

七绝·大寒

一

时令大寒无料峭，唯有煦阳恍春到。
半冬不见一羽雪，皑皑北国梦年少。

二

大寒不寒恍如春，红日送暖耀长空。
当午出户需解袄，数月空盼雪临门。

七绝·塞上行

长风逐云到榆林,
河封柳瘦已严冬。
能源虽宝难千岁,
回首镇北[1]也雄风。

【注释】

[1] 指镇北台,位于榆林市城北红山顶上。镇北台是明长城遗址中最为宏大、气势最为磅礴的建筑物之一,素有"万里长城第一台"之称。

"延"途感怀

动车箭指延安城，
古都圣地变齿唇。
忆昔朝发夕才至，
叹今一百二十分。

侧闻轨击枕木声，
闭目能辨桥与洞。
万物有道皆如此，
苍天不负有心人。

壬辰年贺岁藏头诗

一

都言高处不胜寒，
但见晶莹挂前川。
只待华夏惊蛰唤，
昂首拜读春满山。
蛇舞年丰起劲帆，
挥剑了却钓鱼湾。

二

千古英雄高山景行，
七尺郎儿晶心骨铮。
五岳三山华夏峥嵘，
百机腾空拜辑昆仑。
九州巍峨年阜物丰，
万舰竞发了却日本。

七绝·龙年贺岁

晶莹剔透换银装，
华灯璀璨映祺祥。
拜托辰龙轻带雨，
年来福至乐而康。

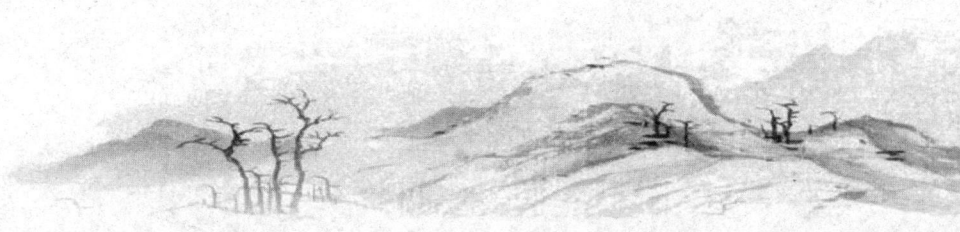

壬辰年庆中秋作

岁岁中秋，今又中秋，
雁去蝉喁又一秋，
韶华纵逝安可留，
寂寥上心头。

神州梦圆，苍穹月圆，
人间天上同心圆，
民安国泰舞翩跹，
福乐享无边。

七绝·秋祭

孤雁戚鸣过秦岭,
却听霜打野菊声。
世事如棋局难料,
岂如凭床念故人?

无 题

2013年10月15日，吾陪同教育厅领导赴蓝田县调研，问计于民，改进作风。受与会同志建言率真之感染，遂作此诗以志纪念。

车进辋川[1]秋意浓，
百年大计问黎民。
相谈促膝何所忌，
为政当宜顺民心。

【注释】

[1] 辋川，陕西蓝田县一乡名。

逃亡的冲动

不要从我手指间逃走，这样会撞碎我的骨头，
要逃就从眼里逃吧，带上泪光的温柔。
不要从我的梦里逃走，这样会撞翻我的忧愁，
要逃就从心里逃吧，乘着鲜红的暖流。

不要从我的眼里逃走，这样会俘虏湿润的灵魂，
要逃就从手指间逃吧，那里有五位弟兄们并肩护送。
不要从我的心里逃走，这样会遭遇生命的暗流，
要逃就从梦里逃吧，那里有通往天堂的唯一窗口。

守望炊烟

1996·春

从此 就让炊烟吹动心旌
在灵魂周围徜徉
春天 我说了不少谎
家园之树一片荒凉
抽芽拔节多少回梦里梦外 穿不过
娘疤结的手掌

站在瘦弱的指端回望
娘跪在灶膛 抚植烟的概念以及
柔软的力量
走着走着 我骨骼发响
手中的笔一次次站立 而后走动
我看见一道道血 鸣啸而来
劈开袅娜的炊烟 浸透纸背

洪水漫过如烟的记忆
走出家园门口 穿过浮躁的边缘
我随波随流 一个个烟的命题
对准灶口 娘泪流满面
跪在灶膛

候鸟成群飞过烟囱
我的心底有五谷沉淀的声响
青烟漠漠 沉浮间激动不已
这是一生生动的话题

有烟就有火
火在家园远古的隧道散步
十八年后 从娘的指纹飞出
没有肩膀的城市 我热泪盈眶
苍白的魂灵流淌着软弱的文字
山里娃 就把手搭上炊烟的脊梁

一步一叩首 一步一守望
有娘的地方就有火
有火的日子就有烟
有烟的路 燃着火的力量
娘啊 就让我 让我把炊烟
牢牢守望

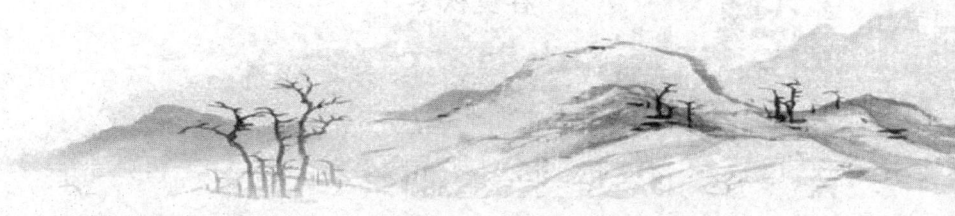

窑 洞

1997·秋

穿凿了几个世纪 躬起脊梁
你弯成四季风的承诺
襁布 嫁衣 寿服
悠悠三部曲拂面而过
命运的唢呐
啼也吹 笑也吹

三百六十五柱炊烟
从耳孔升起
沉淀成犁沟麦垛茧花
黄昏 所有父亲
背起一篓篓汗渍

信天游 从沟沟洼洼
唱亮一盏盏油灯
所有的母亲
将长长的勺子 伸进风里
舀起五谷 小心地煮着
春夏秋冬

而你
睁着红痛的双眼 看谁
坐在热炕头
端起从牛角上摘下的酒杯
一口口品尝 酸甜苦辣

一种倒下叫站起·写给孔繁森

1997·夏

趟着母亲的河
逆流而上
生命的船
停在离天最近的地方
你
山东汉子 不拄手杖
也能量遍世界脊梁

齐鲁乡音
扣开西部高原古老的门
两种语言
打湿一页共同历史
于是
拉着西部民族的手
在崎岖的日子里
你举步维艰地赶路
呼吸用不同姿势绊倒
你却以相同的方式站起
大个子西藏 从此
不再畏惧严寒与几千年

冷漠的目光

一个平常的日子
你轻轻一躺 躺成
冰峰上雪莲一朵
裹紧千年愿望的风雪
此时 纷纷退却
一个年轻的生命
脱颖而出

古老民族 面东而立
擦干最后一道眼泪
握紧珠峰
摇响搁浅陈年的船只
涌向大海

一棵树

2001·夏

苍茫的黄土高原延伸着古老的记忆
孤寂的你默默地站在记忆之外守着这方贫瘠的土地
你从哪里来，为何茕茕孑立没有兄弟姐妹
答案就在庄稼人的心里
他们操着浓重的乡音回答你
谁要是不能与五谷同舟共济
谁就没有资格立足这神圣的土地
土地从不拒绝生命像遥远的神话一样渐渐远去
我的父亲乡亲，世代与黄土相依
虔诚的头颅贴近土地
在耕牛与犁耙的交织中收获生命的希冀
有人曾建议把你砍去，从生我养我的土地上清除出去
如果这样，几株高粱或玉米可能从你的位置拔地而起
也有人反对，说夏天劳累时可以依你小憩
就这样，你在吵闹中求得一方立足之地
春天，你在肆虐的沙尘暴中颤栗
夏天，你最多能给劳作的人一点阴翳
秋天，片片叶子悄然离你而去
冬天，你想招一只过路的鸟歇歇翅膀也是白费力气
四季轮回　你还是你

大自然在岁月的轨迹上迈着沉重的脚步
生态的天平不断提醒自己的主人
什么是对什么是错什么是自作自受
退耕还林，一言九鼎
文明的主人大彻大悟
我们的家园呼唤保护
五谷终于向你做出让步
自然不能没有你人类不能缺少你 鸟儿不能离开你
于是耕牛失业 犁铧生锈 镰刀高束
那天夜里，你也许什么都没有梦见
但是第二天却发生了奇迹
周围的山冈上住下了许多陌生的邻居
你一言不发，可是邻居都视你为长辈
只有一件事走进你的记忆让你激动不已
两只陌生的鸟儿飞来飞去，在你的屋檐下筑巢成亲结为夫妻
都说你三十年媳妇磨成婆
都说你儿孙满堂生活美
却谁也没发现你在悄悄地流泪

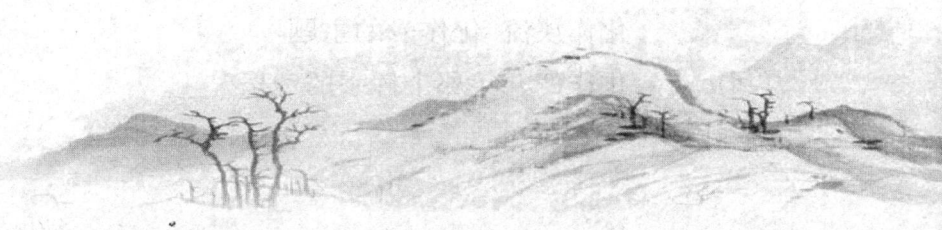

敬仰与感动·建党90年抒怀

你是春风里柔柔的雨
你是夏日里翠翠的柳
你是秋景里沉沉的谷
你是冬天里皑皑的雪

你是天安门巍峨的丰碑
你是黄河水澎湃的浪潮
你是大海　广纳百川
你是北斗　指引方向

你用臂膀
扛起游船上的誓言
你用智慧
点亮跋涉者的灵魂
你用热血
染成红旗上的星光
你用信念
铸就革命者的坚强

你把生命的可贵
化作溪流　化作爱的主题
化作四九年那个挥手的定格

你把生命的激越
化作平原　化作情的写意
化作七八年那句豪迈的话语

亲爱的党啊
九十载历程
镌刻着风风雨雨的印痕
九十载希冀
淌流着火火红红的文明

城市与农村
到处都有你勤劳的身影
改革的春风
永远值守你心灵的哨所

历史的长卷向世界展示
世界亲近了你
亲近了朴素的共产党
小米加步枪不可遗忘
毛泽东思想永放光芒
四代领导人亲手缔造
九十载岁月续写辉煌

时光在心灵中荏苒
在"三个代表"重要思想里激昂
在发展的平衡里寻求科学发展
心灵在时光中深刻

在"八荣八耻"纲要精神里绽放
在和谐的步调里寻求社会和谐

当国民实力迈上新台阶
当工业经济达到新高度
当现代农业呈现新局面
当城乡一体走向新水平
当政策调控跨出新步伐
当人民生活步入新境界
当为民服务频添新举措
当平安建设取得新突破
国民为你振奋 世界为你瞩目
你用智慧成就了信念
你用果敢书写了伟岸

当东部率先中部崛起西部开发的号角响彻云天
伟大的中国共产党
九百六十万平方公里的土地上
传颂你的丰功 你的风尚
当航天揽月神舟翱游雄鹰冲天的壮观震惊人类
英明的中国共产党
十三亿炎黄子孙的心襟里
感受你的高标 你的厚重

党啊
我生命的根基
我枝叶茂盛的参天大树

生存的信念 奋斗的精神
深深地积淀在你的品格里
社会主义前进的步伐
永远注解着你的伟绩
敬仰如山
敬仰在我的情感中充满敬仰
感动如海
感动在我的心思中充满感动
中国共产党啊 开拓的九十年
你以人为本的理念
点燃了我的激情
中国共产党啊 创新的九十年
你国富民强的政策
拨动了我的心弦
思恋你呀 我的党
白云悠悠 蝶舞翩翩
感恩你呀 我的党
月色婆娑 花香脉脉
绿色里有我的希望
文明里有我的梦想

"十二五"巨轮已经起航
天涯海角雀跃
三山五岳欢腾
五十六种期盼五十六种心声
如开花芝麻 如雨后春笋

舞动着对你的赤诚

看吧
党风在东方吹拂
党性在世界传播
民主与自由
震撼着我的思想
包容与开放
生动着我的情结

情结如丝 织不尽对你的敬仰
太多太多的传奇
融化在你九十年的追求里
太多太多的故事
融化在你九十年的无私里
九秩韶华去 万代英姿来
你那坚毅的目光穿越春夏秋冬穿越悠悠时空
亿万儿女的耳畔响彻你铿锵的号角
让人民更加幸福安康
让祖国更加歌声嘹亮